남포등

남포등

양승복 수필집

정출판

책머리에

구절초가 아침 이슬에 젖어 있습니다.

마당 한구석이 환하게 피었습니다.

내 어머니는 9월 9일이면 빈터에 흐드러지게 피어 있던 구절초 꽃을 따셨습니다.

아침 일찍 학교를 한 바퀴 돌고 층계를 오르시던 아버지께서는 그 모습을 바라보고 계셨지요.

나는 마루에 앉아서 그 모습을 꿈결같이 바라보았습니다.

글을 쓰며 내 부모님들에 대한 무심했던 환영들이 자꾸 떠올랐습니다.

그것은 내가 어르신들을 모시며, 그분들이 살아온 삶을 반추하며, 그분들이 짊어지고 온 무게를 소중하게 여기는 마음 때문일겁니다.

늙고 병듦은 세월입니다.

순응하는 마음을 함께 열어가고 손잡아 따뜻함을 전하며 나 또한 어르신들이 달관한 세상살이를 배우게 되었습니다.

내가 가는 길에 먼저 도착한 어르신들과 생활하며 그 사연들을 글로 옮겨 보았습니다.

어르신들 건강을 돌보는 간호사 선생님과 요양보호사 선생님들의 수고로움에 고개를 숙이며, 이 글을 그분들에게 바치고 싶습니다.

2019년 가을 문턱에서
양 승 복

차례

남포등

갈증

아들의 눈물

3초의 기억

행운목

낫 가는 여인

남포등

남포등

·

석양

·

꽃이 예쁘다

·

우리는 호스피스

·

어머니의 목욕

남포등

비취빛 보석이다. 바위는 태고 적부터 흐르는 물살을 받아 연마했으리라. 계곡 물길이 머무는 커다란 웅덩이는 푸른 하늘이 들어와 있고 깊고 푸른빛이 내는 청량함이 나를 쉬게 했다. 설악계곡에 앉아 청정한 물속으로 내 마음을 담그고 눈을 들어 보니 남포등 유리등피를 든 아버지가 숲속에서 나오시는 듯했다.

한 손으로 간간히 떨어지는 빗방울을 가리고 한 손에는 등피를 들고 급한 걸음으로 돌다리를 건너오시는 모습을 나는 물끄러미 쳐다보았다. 새끼줄에 꿰어 있는 등피가 깨질까봐 뛰지 못하시고 한손을 살짝 올려 반동을 줄이려고 조심하시는 모습이 역력했다. 너무나 맑아 시린 빛을 내던 청정한 냇가에 앉아 영동에 다녀오시는 아버지를 기다렸었다.

동네 모두가 등잔불을 쓰는데 우리 집만 남포등을 사용했다. 문이 열리고 닫힐 때마다 바람결에 흔들려 꺼질까봐 염려되는 등잔불과는 다르게, 등피 속에서 심지를 태우고 있는 남포등불은 미동도 하지 않았다. 도도한 자태로 어둠을 몰아냈다.

등피를 닦는 일은 조심스럽고 섬세한 일이다. 종잇장 같은 유리 속에 비누칠한 수건을 넣고 그을음을 닦아내는 일은 외줄 타는 일만큼 긴장되는 일이었다. 냇가로 닦으러 가다 부딪혀 깨고, 닦다 금가고, 바위에 올려놓았더니 바람이 뒹굴어 떨어져 깨지고. 이유도 많은 이별이지만 그때마다 아깝다는 생각보다 아버지의 엄한 얼굴이 스쳤다. 실수의 연발에도 등피 닦는 일은 늘 내 차지였다. 찬찬하지 못한 나에게 아버지는 변함없이 등피 닦는 숙제를 주셨다. 잘 닦은 등피를 물속에 넣고 흐르는 물을 흘려보내면 물인지 등피인지 구별이 가지 않는 깨끗함이 긴장했던 마음을 풀어놓았다. 그런 내 모습을 아버지께서는 칫솔질을 하시며 바라보고 계셨다.

등피를 닦던 맑디맑은 물은 잘 흘렀다. 열 명이 둘러앉아도 되는 커다란 바위 밑으로 메기가 숨바꼭질을 하던 그 냇물에서 우리는 아침마다 세수를 하곤 했다. 쉰 살이 넘어 꿈 속 같은 곳이 그리워 부모님을 모시고 찾아갔다. 줄어든 물길은 외길로 한쪽 도랑을 겨우 흐르고 있었다. 맑은 물속에서 햇볕에 일렁거리며 흔들리던 자갈은 나신이 되어 뒹굴고 있었다. 그 많던 물은 다 어디로 간 것일까. 그 속에서 흐느적거리며 노닐던 메기들, 몰려다니던 송사리 떼는 어디로 갔단 말인가. 싱싱했던 바람은 불지 않았다. 청춘이었던 아버지도, 철없던 어린아이도 이렇게 늙어버렸는데, 고향이라고 그대로일까. 늙어버린 동네를 돌아보며 구석구석에 숨어 있는 추억만 몇 가닥 찾아냈다.

그곳을 다녀온 후, 아버님도 혈전이 혈관을 막아 쓰러지셨다. 정정하시던 모습은 어디로 가고 그 냇물이 외길로 간신히 흘러가듯 반쪽인생을 사시게 되었다. 어린 시절 그 냇가처럼 물이 흐를 수 있도록 일 년 가까이 서울 병원에서 치료했지만 회복하지 못하셨다.

고집스럽고 아집이 강한 노인이 되어 집으로 오셨다. 셋째였던 나는 아버지 전화에 3번으로 입력되어 있다. 어머니께서 치매로 집안일을 할 수 없는 상황으로 낮에는 요양보호사가 아버님 생활을 도와드렸다. 아침진지를 해 드리고 출근하고, 저녁상을 차려 드리고 집으로 오는 딸을 수도 없이 불러댔다. 밤이나 회사에서 일할 때나 시간개념 없이 전화로 부르시고, 전화가 안 되면 회사 전화로 딸을 찾았다. '밥이 없다, 세탁기를 돌려야 할 것 같다, 엄마가 변을 안 보신다.' 참으로 이유 같지 않은 이유로 나를 찾았다. 너무 힘들어 잇몸이 다 부어올라 밥을 먹을 수 없었고 누적된 피로는 나를 편협하게 만들었다. 야속한 마음에 왜 나 만이냐고 투정도 수없이 했다.

아버지는 초등학교를 4학년 때 입학하셨다고 한다. 3년을 공부하고 졸업하셨으니 국졸이다. 할아버지께서 선생은 무슨 선생이냐고 지게작대기를 들고 방해하셨으나 독학으로 공부하셔서 교사가 되셨고, 면에 있는 초등학교로 발령을 받으셨다. 그리고 교장선생님을 26년이나 하시는 기록을 세운 아버지는 그 면에서 유일한 교장선생님으로 통했다. 동네 어귀에 서 있는 느티나무처럼 모든 사람이 찾는 큰 그늘이었다. 내 아버지는 늘 청정한 빛으로 빛났고 그런 아버지를 자랑스러워하고 존경하였다.

아버지께서 혈관성치매로 고집을 부리고 억지를 부릴 때, 안타까움보다는 답답함에 따지고 대들었다. 올곧고 바른 아버지를 마음에서 떠나보내지 못한 나는 치매로 인한 이상행동을 받아들이지 못하고 있었다. 다 알면서 일부러 골탕 먹이고 싶어서 그런다고 화를 내며 전화기를 꺼 놓기도 했다.

치매노인이 되어버린 아버지를 있는 그대로 바라보기까지는 시간이 걸렸다. 남포등이 되어 늘 환하게 우리를 지켜주었던 아버지는 고독이 무섭다고 하셨다. 매일 수발을 들어주던 딸이 보이지 않으면 불안하다고 하셨다. 기저귀도 나에게만 갈게 하셨던 아버지, 전화를 시도 때도 없이 눌러대는 아버지는 무섭고 외로우셨던 거다. 주기적으로 병원에 입원을 하고 싶어 하셨고, 아버지 앞을 떠나지 못하게 하셨다. 그렇게 아이가 엄마를 찾듯이 옆에 있기를 원하신 아버지를 가여워 하며 이해하는데 많은 시간이 걸렸다.

　어린 아이가 되어 좋아하시는 음식 앞에서 자리를 뜨지 않으셨던 내 아버지는 낮에 좋아하시는 프로그램을 딸과 함께 보시고 저녁도 맛나게 드시고 잠자리에 드셨다. 그리고 작별 인사도 없이 가셨다. 아이가 되어버린 아버지는 철없던 딸을 남포등으로 삼고 계셨는데…. 힘겨워했던 내 모습이 한스러워 온기가 사라질 때까지 아버지를 안고 엉엉 울었다.

　아버지는 매일 일기를 쓰셨다. 평생을 기록한 우리들의 역사 속에 아버지는 구구절절이 선생님이셨고, 우리들의 아버지이셨고, 반듯한 선비이셨다. 그런 아버지를 치매로 인정하는 것이 너무나 힘들었던 나는 많은 혼란 속에서 방황했다. 그래서 아버지 마음을 아프고 서운하게 했다. 치매 어머니의 화를 다 들어 주시면서, 나는 지금 너희들 엄마한테 속죄하고 있는 거라고 하셨다. 어머니와 사시면서 아버지가 겪어야 했을 고통보다 내 처지가 우선이었던 이기심이 슬퍼서, 나는 아버지 일기를 보며 후회로 가슴을 친다. 남포등 등피 닦는 일을 얌전치 못한 나에게만 시키시고, 그 등불 아래서 일기 쓰는 법을 가르치시고, 좋은 감성을 주신 아버지. 기저귀는 나에게만 갈게 하시고 모든 일은 나와 상의하셨던 아버지는 내가 가장 믿는 자식이었던 거다. 그래서 더 사무치게 아버지가 그립다.

-제10회 백교문학상 대상 수상작

석양

바다는 주황빛 줄무늬로 물들어 일렁거린다. 검은 바다와 바람에 굴곡진 사이로 하늘빛이 들어와 있다. 주황빛 태양이 부드럽고 은 은하게 노란 빛으로 번져 나간다.

구름은 배를 띄워 항해도 하고 우아한 봉황의 날개 짓을 보여주 기도 한다. 멀리 작은 섬 하나 만들어 배를 타고 가고 있는 피안의 세계를 꿈꾸게 한다. 수평선에 떨어져 내리는 저곳은, 나와 같은 사 람들이 떠오르는 태양을 맞이하고 있으리라. 우주의 질서와 순리 속에 지나는 순간들이 신비하고 평화롭다. 수평선에 빛이 번지면 서 석양과 바다는 하나가 된다. 기다리려 준 나에게 포즈를 취듯이 정지된다. 선택된 사람만이 볼 수 있다는 오메가의 해넘이는 찬란 하지만 고요하다. 그리고 스며들어 나와 일체감을 이룬다. 태양은 보이지 않을 때 울려오는 빛이 더 아름답다고 한다. 보이지 않는 그리움의 빛처럼, 잊지 않고 내일이 올 것이라는 메시지를 주는 듯이 아주 서서히 밤은 남는다.

석양은 지친 마음을 녹인다. 회사에서 시동을 걸고 차를 돌리는 순간, 기다린 듯이 마주하는 것은 붉은 석양이다. 어둠이 깔리는 겨울날은 너무 가까이에 있어 빨려 들어가는 착각에 숨이 차오를 때도 있다. 한참을 마주하면 차가와진 마음을 녹여 울컥하게 하는 회환을 선물한다. 가슴 적시는 일이 많은 직장이다. 만 가지 사연을 담은 우리네 가족사에 마음 달래기 어려울 때가 많다.

오늘도 사위와 딸이 오빠 험담을 듣기 어려울 만큼 하고 갔다. 듣는 내내 편치 않았다. 아픈 어머니를 집에서 모시지 않고, 상의도 없이 요양원에 모셨다는 이유로, 딸이 아닌 사위가 입에 거품을 물듯이 험한 말을 했다. 그 아들은 수시로 들려 어머니 입에 죽을 떠넣어 드리고 가는데. 몇 달 만에 처음 찾은 딸 내외가 어머니 앞에서 오빠를 욕되게 하는 모습은 좋지 않았다. 아들만 알고 귀하게 키운 값이 이거냐며 어머니께 책망하듯이 던지는 말에 어르신은 못 들은 척 하신다.

달랑 남매인 오빠와 여동생간에, 둘도 없는 귀한 핏줄이 어찌하여 엉켜버렸는가. 내가 생각하는 틀 안으로 상대가 들어와 주기만을 바라는 배려 없는 욕심이다. 내가 만든 틀 안으로 들어오지 않으면, 원망으로 그 공간을 메우고 사는 것 같다. 내 스스로는 상대가 만든 틀을 들여다보지 않고 알려고 하지도 않는다. 내가 보는 딸 부부는 그렇게 보였다. 어머니는 집에서 모실 형편이 되지 않는 분이었다. 치매 증상이 심하여 기저귀를 다 뜯어 버리고 가만히 계시지 않고 침상에서 내려오시는 분이다. 안전을 위하여 아들과 협의하여 팔을 억제한 상태였다. 딸은 올케가 집에서 놀면서 어머니 한 분도 못 모시느냐고 원망했다. 참으로 쉬운 이론이다.

해돋이가 아름답다. 해넘이가 주는 석양이 아름답다고 의견 대립을 한다면 극히 주관적인 것임을 깨닫지 못한다. 평생 햇살을 고루고루 주기 위해 노력한 태양을 탓 하는 어리석음을 종종 만난다. 석양이 아름답지 못하면 한 낮에 햇살도 따뜻하지 않았는지. 중간에 바람이 불어 비구름을 몰고 왔는지 필름을 되돌려 보여주고 싶다. 이해관계가 얽힌 삶은 그렇게 만만하게 매듭을 풀려하지 않는다. 백지장 드는 것은 힘들지 않다. 몇 시간을 들고 있어 보면 순간 무거운 것을 들어 올리는 힘보다 더욱 힘겹게 느껴지리라. 긴 세월 이성의 잣대가 녹슬어 버린 관계는 냉랭하기 그지없다.

오늘 같이 복잡한 마음을 안고 가는 길을 석양은 모든 것을 알고 있는 듯이 바라본다. 하루 종일 내 마음이 어떠했는지, 붉은 빛은 내 마음을 녹이고 있다. 그리고 다 안다는 듯이 집으로 오는 길을 함께 한다.

　포근한 품 같은 주황빛 석양을 수평선에 떨어지도록 하염없이 바라본 적이 있다. 20살 무렵, 아주 멀리 바다건너 부모님을 떠나 있을 때다. 바다가 가까이 있던 그곳에서 지금같이 거리낌 없이 번져 있는 석양을 접했다. 완전하게 보여주는 석양의 아름다움은 경이로움이었다. 너무 아름다워 나도 모르는 서러움이 구석구석에서 튀어나왔다. 그 앞에 내 마음 발가벗겨져 눈물이 석양에 비추도록 엉엉 소리 내어 울었다. 그냥 그렇게 이유 없이 울었다. 울고 나면 시원하게 해탈의 경지에 이른 듯이 맑고 가벼운 마음이 되었다.
　어머니의 품을 떠나 있는 허전함과 서러움을 다독이던 그 은은한 빛, 지금은 어른이 되어 너무나 많이 것을 안고 가는 나를 다독이고 있다.

　태양빛이 골고루 비추도록 지구는 돈다. 내 부모님들이 우리들을 키울 때 그랬듯이 사랑을 나누어 주기 위해 빙글거리며 돈다. 석양은 구석구석에 숨겨져 있는 밝은 태양이 지나쳐 버린 것들을 찾아 울린다. 그리고 미처 꺼내 볼 수 없었던 마음을 비추는 밤을 남긴다. 그 속에서 우리는 생각하고 반성하고 마음을 쉰다. 어둠을 남기기 전에 울리는 석양빛이, 가슴을 적시지 않으면 밤은 어두울 뿐이다.

석양빛이 어둠으로 바뀌는 순간을 보았는가. 찬란하던 하늘이 화가가 먹물을 칠하는 듯이 급하게 착색되어 가는 순간을 말이다. 해넘이에 반해서 무심히 하늘만 바라보고 있던 어느 날. 어둠이 먹어오는 하늘이 죽어가고 있다는 생각을 한 적이 있다. 내 마음을 다 들여다보고, 그 복잡하던 마음을 다 녹여놓고 가버렸다. 내 부모님들도 그렇게 가신다. 자식들의 마음을 다 알고 그 마음 다 안고 가신다.

오늘 같이 은은하게 번져가는 석양빛에 물들어 마음이 열리는 소리를 듣는다. 어릴 적 석양빛은 나를 어린아이로 만들고 석양에 서 있는 지금은 내 마음의 소리를 듣는다.

꽃이 예쁘다

할아버지 한 분이 내 팔을 조물거리며 "보들보들하다"라며 웃는다. 혈압 체크할 때 손이 내 팔에 닿으면서 자연스럽게 접촉이 생겼다. 쳐다보며 웃는 얼굴이 순수한 어린 아이 같이 해맑다. 보드랍다는 단어가 싫지 않고, 보드랍게 귓전에 남아 울린다. 어르신이 내 팔을 만지며 보드라움을 느끼셨다니, 간직했던 느낌을 기억하셨다니 좋다. 요양원에 계시는 모든 분들이 푸르고 여린 새싹을 거쳐 꿈을 꾸며 살아온 분들이다. 세월만큼 많은 추억이 있는 분들 아니겠는가.

어르신들 모습을 보면 지나온 흔적이 보인다. 곱디고운 분도 계시고, 배려가 습관처럼 몸에 밴 분은 여전히 착하고 욕심과 심술이 많은 분은 여전히 그렇게 사신다. 할아버지께서도 평상시에 아이같이 순수하시면서도 바른 분이었기에, 조물거리는 행동도 예쁘게 받아들일 수 있는 거다.

그 중에 유난히 검고 종잇장 같은 피부에 얼굴이 긴 할머니 한 분이 계신다. 광대라는 산맥을 넘어 움푹하게 파인 볼은 거칠고 억센 모습이다. 입모양은 이가 없어 일그러지고, 얄팍하게 남아있는 눈까풀이 축 늘어져 눈을 떠도 눈망울은 보이지 않는다. 나무 등걸에 생명을 불어 넣듯이 기다란 손을 쓰다듬으며 인사를 한다. 잠에서 깨어나지 않으신 듯 미동도 하지 않는다. 이분에게도 새싹 같은 보드라운 시절은 있었나 하는 의문이 든다.

할머니가 요양원을 처음 찾았을 때는 양자라는 분이 모시고 왔다고 기록되어 있다. 그동안 어떤 삶을 사셨는지 알 수 없다. 나이 들어 생활의 궁여지책으로 7년 동안 어떤 할아버지 집에서 살림을 거들어 준 모양이다. 할아버지가 돌아가시고 그 집 아들은 수급자로 만들어 요양원으로 모시고 왔다. 처음에는 인지가 있으셔서 식사 때 마다 고추장에다 빨갛게 비벼 우악스럽게 드셨다고 한다. 욕도 하고 거친 행동으로 원하는 것을 취하고, 당신 존재를 피력하는 습관이 모두를 힘들게 했다고 한다.

자신을 지키기 위해, 자존감을 감추고 방어막을 겹겹이 치지 않으면 안 되는 삶이었던가. 아니면 구차하고 작은 마음을 들키지 않으려는 안간힘이 눈을 부릅뜨고 손톱을 세우게 하였는지 모른다.

넓은 하늘에 있는 구름도 몰려다니고 하물며 동네 개들도 어울려 다니는데, 어찌 명절날이 되어도 찾는 이 하나 없이 홀로일까. 긴 세월 생명의 소리를 함께 들으며 어우러진 이들이 단 한 명도 없단 말인가. 삶을 함께 나누는 무리를 만들지 못하고 혼자 덜렁 남아 있는 연유가 궁금하다. 하지만 할머니는 말없이 눈만 감고 계신다.

어느 날, 몸에 열이 오르고 가래가 목을 가리고하여 병원에 모시고 갔다. 검사를 하고, 폐 사진을 보신 의사선생님이 담배를 많이 피우신 폐라고 했다. 고열로 늘어져 계신 할머니가 측은하고 불쌍해서 잡은 손을 놓을 수가 없다. 공허함을 진한 담배연기로 가득 채우고, 구차한 삶을 꾸리느라 몸이 망가지는 것도 모르고 살아오신 날들이 보이는 것 같다. 할머니가 홀연히 넘어가는 석양빛으로 사라질까 안타까워 유달리 정성을 들였다.

혼수상태가 되었다고 응급하게 전화가 왔다. 팔이 축 늘어져 있고 흔들어도 꼬집어도 소리를 질러도 기척이 없다. 바이탈(혈압, 맥박, 호흡, 체온)은 정상이니 깊이 주무시는 것 같다고 했다

요양보호사 선생님들이 퇴근 전에 병원에 모시고 가야지 밤에

무슨 일이 생기면 무섭다고 하자, 갑자기 발로 이불을 차 내던지고 눈을 부릅뜨시며 침을 뱉으셨다. 우리는 그 자리에 주저앉아 웃음바다가 되었다. 이렇게 감사한 폭력도 있을까.

대화를 하거나 살갑게 다가가도 표정 한번 변하는 일 없이 대답 한번 하는 일 없이, 세모지게 떠지는 눈으로 응시할 뿐이다. 식사하시다가도 마음에 들지 않으면 얼굴에 푸하고 뱉으며 욕을 하시던 분이다. 어느 날부터 할머니는 아침인사에 반응을 보인다. 앙상하고 기다란 양 손을 잡고 손뼉을 치면서 귀에 대고 노들강변이나 찔레꽃 노래를 부르면 귀찮아 침이라도 튀 하실 테지만 가만히 계신다. 이제까지 알지 못한 관심이라는 것을 느끼고 있는 걸까. 정이라는 것이 마음을 울리는 것일까. 이 분이 보드랍게 변해 간다는 것을 뿌리치지 않는 손에서 느낄 수 있다.

늦가을이다. 휠체어에 태워 함께 산책을 했다. 가을햇살이 남아 있어 기분이 좋다. 가을걷이가 끝나고 빈 들녘을 바라보며 풍성했던 가을 들판을 설명하며 걸었다. 가을 햇살에 때 아닌 장미꽃 몇 송이가 빨갛게 걸려 있다. 제철을 찾아 피우지 못했지만 서쪽으로 기운 가을 햇살에 피어난 장미꽃이 아름답다. "어머니 장미꽃이 가을에 피었네요. 이쁘지요?" 하며 얼굴을 마주하고 눈을 맞히니, 할머니도 "이쁘다" 라고 웅얼거리셨다. 순간 가슴이 뜨거워진 나는 할머니를 와락 끌어안았다.

할머니께서 이쁘다는 말을 하시다니, 얼마나 감사한지 나는 흥분이 되었다. 인간의 마음속에는 희노애락을 느낄 수 있는 감정이 존재 한다. 살아가며 무엇을 가꾸고 살았느냐에 따라 형성되는 색깔과 크기가 달라진다. 할머니는 기쁘고 즐거운 마음을 키우지 못하고 화와 슬픔이 담배연기에 이끌려, 폐부 깊숙한 곳까지 스며드는 억센 인생을 사신 분이다. 예쁜 것을 예쁘게 볼 줄 아는 작은 마음의 문이 열리고 있다는 행복이 어려운 수학공식을 푼 사람처럼 설렌다.

일을 하면서 나는 또 하나의 가족을 만든다. 좀 더 아름다운 세상을 보고 느끼고 갈 수 있도록 해줘야 한다는 생각에 늘 분주하다.

우리는 호스피스

장마가 끝난 다음날 폭염은 찾아 왔다. 문을 열면 열기는 기다린 듯이 턱하니 내 숨구멍을 막는다. 창 밖 참깨 밭에는 익은 것만 먼저 속아냈는지, 듬성듬성 서 있는 깨 대가 흰 꽃을 달고 바람에 흔들린다. 간간히 바람이 불고 있으니 다행이다. 이 더위에도 밖에서 일하는 사람들이 있을 테니 작은 바람이 얼마나 소중하겠는가.

폭염에도 예쁜 여인은 찾아 왔다. 인사도 없이 조용히 어머니 방으로 들어간다. 그분은 가져온 짐을 침상 귀퉁이에 놓고. 어머니 볼에 입을 맞추고, 얼굴을 두 손으로 감싸고 인사를 할 거다.

어머니를 자주 찾는 딸은, 오는 줄도 모르게 살그머니 와서 어머니와 함께 있다 조용하게 간다. 어머니 몸을 닦아 드리고, 팔 다리를 주무르고, 사온 간식을 먹여 드리고, 좁은 침대에서 어머니를 끌어안고 누웠다 간다. 인사만 주고받을 뿐, 눈길도 주지 않는 딸의 눈가는 촉촉하게 젖어 있다. 다음에 올 때까지 드실 간식도 충분하게 가지고 오는 딸은 인사도 안 했으면 좋겠다고 한다. 엄마보고 싶을 때 부담 없이 올 수 있게 해 달란다. 오랫동안 병상에 계시지만 어머니는 품위가 있는 분이다. 어머니를 닮은 딸도 기품 있고, 사려가 깊은 분이다.

병실 침상에서 어머니를 끌어안고 누워있는 딸에게, 어머니의 체온을 오랫동안 느끼게 해 주고 싶다. 내 어머니가 생존해 계실 때 어머니에게서만 나는 냄새와 포근함과 달큰함을, 그 여인을 보면서 느끼고 있었다. 병원에서 고생하실 때 안타까워 가슴 적시던 감정도 예쁜 여인을 통해 다시 살아나고 있었다. 여인이 나타나면 같이 행복하고 가슴 절이고 했다. 그래서 나는 그 여인이 오면 기분이 들뜬다.

워낙 연세가 많은 분이다 보니 컨디션에 따라 식사를 못하시고 거르는 경우가 있다. 가정간호사 도움으로 수액을 놓았다. 어르신들은 영양제가 아닌 수액만으로도 혈관에 볼륨이 생겨 한결 나아진다. 마침 방문한 딸에게 "요즈음 식사를 잘 못하셔서"라고 하자, 교양 있고 조용한 따님은 사무적이고 단호한 어조로 똑 부러지게 말했다. "저의 어머니가 백 살이 넘었습니다. 어떻게 하자는 건지 모르겠네요. 저번에 왔을 때, 어머니가 가래가 많아 그르렁거린다고 기관지 흡인을 해서 가래를 뺀다고 했어요. 그 때도 제가 반대했습니다. 가래가 숨구멍을 막아 어머니가 가셨으면 좋겠다는 생각을 했어요. 너무 오래 고생 하시지 않나요. 이렇게 누워계시면서 아무도 몰라보는 시간이 10년도 넘었는데, 더 사시기를 바라면 욕심이지요."

어머니 숨구멍을 막아 편하게 가셨으면 좋겠다는 말이 내 숨구멍을 막는 것 같았다. 내 어머니가 병원에서 고생하실 때, 나도 매일 기도 했었다. 제발 우리 어머니를 편하게 해 주세요.라고, 한번 터진 눈물을 멈출 수가 없도록 울었었다. 그 여인도 그렇게 울고 있었다.

그녀의 어머니는 대화도 되지 않고, 불러도 눈도 잘 뜨지 못하고 반응도 별로 보이지 않지만, 식사 때가 되면 입을 벌리고 죽을 받아 넘기신다. 대소변도 스스로 보시고, 텔레비전 앞에 조는 듯이 앉아 계신다. 이렇게 어머니는 살아가고 계신다. 알아보지 못하고, 당신표현을 못하고, 웃어주지 못하고, 손들어 잡아주지 못하는 어머니가 너무 불쌍하다고. 가슴이 저며 온다고 한다.

그 후도 그 예쁜 여인은 간식을 들고 어머니를 찾아 왔다. 그리고 닦아 드리고, 먹여 드리고 얼굴을 부비고 안고 누었다 간다. 늘 촉촉하게 젖은 눈으로 간다. 어머니의 따뜻한 체온을 가득 안고 그녀는 간다. 예쁜 딸이 어머니를 위한 마음을 우리가 이어받아 어머니를 사랑하고 있다.

어떤 보호자에게 "요즈음 어르신 컨디션이 좋아요. 말을 알아듣고, 반응을 보이는 것 같아요"라고 하자 "그래서 뭐가 변하는 거죠."라고 반문했다. 뇌경색으로 아무 반응도 없이 누워만 계시는 어머니에게 어떤 희망을 바라겠는가.

내 소망이 그분에게는 별다른 의미를 주지 못해도, 그 어르신이 명을 다 할 때까지 그 분의 감각을 살리려고 노력하며 희망적인 마음을 늦추지 않을 거다. 조금이라도 반응을 보인다고 그 분이 일어나 앉지는 못한다. 명이 더 길어지지 않는다. 천천히 흐르는 이곳 생활에서 나는 깨 대를 흔드는 한줄기 바람이고 싶다. 오신 길로 편안하게 돌아가실 수 있도록 슬프지 않게 무섭지 않게 손을 잡아드리는 일이다. 그래서 요양보호사선생님들에게 우리 직업은 호스피스라고 외치게 한다. 아주 중요한 일을 하는 사람들이라고, 긍지와 자부심을 갖고 일 하자고 말한다.

어머니의 목욕

　어머니는 지금 목욕 중이다. 비구니 스님의 낭랑한 염불소리가 법당 안을 가득 채운다. 병풍 뒤에서 스님 손길로, 어떤 형식으로 이루어지는지 알 수 없지만 병풍에 걸려있던 수건이 내려졌다. 준비물로 칫솔과 세수 비누, 종이로 만든 옷도 있었다. 이승으로 가는 문을 열기 전에 90년 동안 살아온 인연을 정리하는 의식이라고 했다. 영혼의 업장을 청정하게 하여 올바른 길로 갈 수 있도록 한다는 거지만, 어디로 가는 걸까. 억겁의 윤회를 걸려 어떤 모습으로 만날 수 있을지 모를 내 어머니를 보내기 위해 나도 쉬지 않고 낭랑한 염불소리를 따라갔다. 탱화와 어우러져 어머니가 웃고 있는 모습으로 보이다가 가만히 쳐다는 듯이 보였다 하였으니 법당에 어머니가 함께 하고 있는 것은 분명한 것 같다.

며칠 전까지 자식들의 부질없는 욕심에 중환자실에서 세상과 철저하게 단절된 고독과 육체의 아픔을 겪으셔야 했다. 끊어 질 듯 이어지는 숨소리가 당신의 피 같은 자식을 기다린다는 착각에 엇나간 선택을 했다. 그로부터 100일 동안 가뭄에 논바닥 갈라지듯 메마르고 처절한 삶을 사셨다.

어머니의 몸 상태는 심각했다. 팔 다리와 옆구리의 피부가 박리되고 그 사이 맑은 물이 고여, 마치 비닐봉지에 물을 넣은 것처럼 찰랑거렸다. 그 물주머니가 터지면 감염의 우려가 있어 하얀 붕대로 감고 신열을 앓았다. 마치 자신의 몸을 태워 깨달음을 얻으려는 소신공양燒身供養을 하는 스님처럼 붕대로 온몸을 감아야 했다. 한 방울의 물도 허용하지 않고 짜내어 온몸을 사리로 만드는 거 아니고는 어떻게 이럴 수가 있나.

붕대는 점점 어머니를 모습을 감추고 기계 속 숫자로만 어머니의 상태를 확인해야만 했다. 부모 자식 간에도 악연이 있다고 했다. 그렇지 않고서야 이런 불효가 어디 있겠는가. 키울 때는 아들만 알고 서운하게 키웠지만 해 준 것도 없는 딸들이 효도한다고 좋아하셨는데… 간호사라고 자랑하던 딸이 2명이나 되어도 그 고생을 겪으셨다.

면회시간 30분은 짧은 시간이다. 어머니를 두 팔에 안고 체온을 확인하면 교감이 되어 가슴이 뜨거워졌다. 얼굴을 비비고 귀 가까이서 기도 하고, 한바탕 울고. 죄송하다고 고마웠다고. 착한 심성으로 길러 주셔서 감사하고, 정이 많은 사람으로 낳아 주셔서 감사하다고, 사랑한다고 귀에 대고 매일 매일 속삭였다. 딸이 오는 것을 기다리고 있고, 내 기도를 듣고 외롭지 않게 마음의 평화를 느끼고 계실 것을 믿었다.

이렇게 새벽마다 중환자실을 오간지 2달쯤 되었을 때 목과 얼굴까지 누군가 할퀴고 간 듯이 빨갛게 핏줄이 터지기 시작했다. 그 모습은 신기하게도 3년 전 쯤 꿈에서 본 어머니의 모습이었다. 너무나 선명하여 계속 의문으로 남아 있던 꺼림칙한 모습이었다. 어머니는 이승에서의 업을 몸으로 다 태우고 가시는 듯했다. 온몸을 붉게 태워 업이 사라지고 나면 가볍게 훌훌 날아 저 세상으로 가시겠지만 자식의 마음은 불에 데는 듯이 아팠다.

기댈 곳이라고는 무심천에 있는 용화사에 들려 하소연 하는 일이었다. 삼배도 채 못하고 엎드리면 주체할 수 없는 눈물이 흘러 이삼십 분을 울어야 일어났다. 몸의 핏줄이 터져 오는 고통을 함께했다. 그렇게 100여일이 지난 어느 날, 호흡이 늘 40(보통은 1분에 20)으로 힘겹게 지탱하고 있었는데 서서히 떨어지고 있었다. 90년을 이어온 가픈 숨을 천천히 내려놓고 계셨다. 어머니는 온몸을 녹여 내는 고통은 막을 내렸다.

10년 동안 치매로 그 모든 기억의 매듭을 풀어내시고 하해 탈 같은 미소만 남아 있던 어머니께서 무엇이 또 남아 있더란 말인가. 늘 혼자였던 어머니의 삶은 치매로 사시는 동안 원망으로 풀어내는 말속에서 어머니의 삶이 얼마나 외로웠는지 알 수 있었다. 아버지의 엄격한 보호가 만든 그늘을 사람들은 오히려 복 받은 여인이라고 말했다. 살면서 이것저것 고민할 일이 없고 편히 살고 있지 않느냐고 말이다. 그러나 늘 홀로였던 어머니는 어울리는 법을 익히지 못한 채 누에꼬치가 되어 천천히 자신을 가두셨다.

　어머니가 당신을 잃어갈 무렵, 어머니 목욕은 내 담당이었다. 바싹 마른 몸에서 옷 벗기는 시간은 오래 걸렸다. 본능적으로 자신을 보호하려는지 옷 벗는 것을 완강하게 거부하셨기 때문이다. 물이 조금이라도 뜨겁거나 차거나, 마음에 들지 않으면 바가지로 내 머리를 후려 치곤 하셨다. 초등학교 시절, 대중목욕탕에서 본전을 뽑을 기세로 아프다고 몸을 비틀며 징징거리는 내 등을 찰싹 찰싹 때려가며 사정없이 밀어대던 어머니였다. 이제 내 품에 들어올 만큼 작아진 어머니에게 바가지로 얻어맞아 보니 아파서 울고, 슬퍼서 울고, 뾰로통한 어머니가 예뻐서 웃다가도 장작개비처럼 말라가는 모습에 또 울었다.

　산에서 어머니 산소 일을 하시던 분이 "이 집 딸들은 왜 울지 않느냐"고 말했다. 10여 년 동안 어머니를 목욕시켜 드리면서 이미 나의 눈물은 바닥이 났는지도 모른다.

마지막으로 목욕을 하시는 어머니의 기분은 어떨까. 지금도 바가지로 내 머리를 때리고 싶으실까. 오히려 모든 기억을 다 지우시고 영혼 목욕을 하시는 지금, 홀가분하다며 너울너울 춤을 추고 계실 것만 같다.

가시는 날까지 어머니는 제행무상諸行無常의 근본을 가르쳐 주신 것 같다. 햇살이 대웅전 마루에 열린 문을 통해 반듯하게 들어와 앉아 있다. 한 여름임에도 법당 안 공기는 서늘하다. 어머니가 사진 속에서 빙그레 웃으신다.

갈증

갈증

물을 마실 수 없는 박쥐는 온몸을 물에 적셔 그것을 핥아먹는다
고 한다. 물속에 몸을 숨기고 박쥐를 기다리고 있는 악어와 목마른
박쥐가 강으로 몸을 던지는 상황을 화면으로 보여준다. 박쥐를 잡
지 못하는 악어 편을 들어야 하는지, 생명의 위험을 알면서도 갈증
에 물로 뛰어드는 박쥐 편을 들어야 하는지. 물속으로 달려든 박쥐
를 운 좋게 잡은 악어와 퍼덕이며 몸부림치는 박쥐의 처절한 싸움
은 물이 잠잠해지며 끝났음을 알린다. 그때야 나는 박쥐 편이었음
을 알 수 있다. 목숨을 건 박쥐의 갈증이 얼마나 처절했는지 알 수
있었으니까.

　박쥐 떼가 붉게 물 든 저녁 하늘을 빙빙 돌다 갈증이 참을 수 없
는 지경에 이르면 강으로 쏜살같이 내려온다. 그리고 물위를 나는

듯 몸을 적시고 다시 하늘로 오르는 모습, 단면적인 화면만 보면 아름다운 모습이다. 하지만 참을 수 없는 갈증으로 몸부림치는 생명이라는 해설이 깔린다.

그리고 누렇게 뜬 색으로 말라 마치 생명력을 잃은 것처럼 보이는 바위 손이 화면에 나왔다. 바위 손의 갈증 해소 방법은 몸을 낮추고 안으로 움츠려 수분을 아낀다고 한다. 그러다 비가 오면 활짝 열리는 녹색의 생명력이 경이롭다. 바위 손이 갈증으로 몸을 움츠리고 있는 모습과 박쥐가 강으로 몸을 던지는 광경은, 우주에 살고 있는 모든 생명체의 삶의 모습으로 설명된다. 산과 들로 다니면서 자연이 주는 혜택이 거저 있는 것처럼 무심했는데 생명의 세계는 인간과 다를 바 없는 것을 알려준다.

삶이 목마름 아닌가. 하지만 기다림의 갈증만큼 애절한 것은 없지 않을까. 바위손이 기다림에 온몸이 배배 말라가는 현상과 겹쳐지는 우리 어르신들이다. 부모님이 가장 원하는 선물이 무엇일까 하는 퀴즈가 있었다. 현금도 아니고 부모님을 찾아오는 것이 가장 큰 선물이라는 것이다. 그 기쁨을 돈으로 환산하면 무려 천만 원이란다. 기다리는 부모가 되어보지 않고는 알 수 없는 그리움의 크기,박쥐가 생명을 담보로 강으로 달려드는 갈증의 정도만큼 이슬로 겨우겨우 생명을 유지하며 기다리는 빗물은 바로 자식들이다.

물을 찾아 갈 수 없는 바위 손 같은 처지에, 자식이 보고 싶어도 갈 수 없는 우리 부모님들을 생각해 보았는가.

303호 할머니는 당신이 가실 날을 알기라고 하듯이 고향타령을 하셨다. 침상에서 움직일 수 없기에 자식들에게 전해 달라고 부탁하였지만, 어떤 이유로든 매번 거절당했다. 그 짜증은 감당하기 어렵게 타박으로 나타났다. 큰 아들을 잃고, 이 슬픔은 고스란히 아들이 아프다고 했을 때 술병이라고 가보지 않은 큰딸 몫으로 돌리고, 작은 딸은 저만 잘 살 궁리 한다고 탓했다. 귀한 막내아들은 오지 않고 며느리는 손님처럼 오고, 그 화는 오롯이 딸들에게 돌아갔다. 딸들은 다시는 오지 않을 것 같이 하고 가지만 다시 오는 사람은 딸이었다.

그러다 난소암 말기 판정을 받으시고 빨리 하나님 나라로 갈 수 있어 다행이라고 체념하시는 듯 했다. 추석을 보내고 마지막 소원이라며 또 부탁하셨다. 복수가 가득 차 숨을 헉헉 거리시면서, 박쥐가 갈증을 이기지 못하고 악어 입으로 달려들 듯이 그 뜻이 간절했다. 결국에는 막내며느리가 손자와 함께 소원을 이루어 드렸다. 고향을 둘러보고 그리운 집에서 한밤 보내고 오셨다. 한 번의 단비는 비를 흠뻑 맞고 살아난 바위 손 같이 피어났다.

일 년에 한 번도 찾는 이 없고. 소식도 전해 오지 않는 할머니는 매일 창문을 보며 소설을 쓴다. 너무 멀리 와 있어 길을 몰라 못 찾아온다고.

말씀도 못하시고 누워만 계시시는 분은 아들이나 손자가 오면 눈을 떼지 못하고 그 움직임을 따라 쫓는다. 그러나 자식들은 말씀을 나눌 수 없으니 알아보지 못한다고, 손잡고 얼굴이라도 쓰다듬기를 바라지만 그 간절함을 알아내지 못한다. 그 나이가 되면 깨닫게 되려나, 늦은 후회를 하게 되는 삶은 살아가면서 세월 속에서 깨닫게 되기 때문일 거다.

내가 모시는 분들은 그리움과 기다림이라는 갈증으로 비비 말라 비틀어진 바위 손과 다르지 않다. 기다림은 어린이 집에서 아이들이 기다리는 엄마 발자국만큼 그 어머니들은 다 커버린 아들의 발자국 소리를 기다린다. 한꺼번에 몰려오는 소낙비같이 왁자하게 소란을 피우고 휘잉 하게 가버리는 방문도 있다. 몰려오지 말고 생필품 사러 마트 가듯이, 좋아하는 먹거리를 조금 가져와 마주 않아 드리고 가면 좋겠다. 잊지 않고 내리는 촉촉한 단비이기를 바라지만, 우리들은 우리생활에 익숙해지면 잊고 살게 되는 일이 많다. 함께 하지 않으면 점점 멀어지게 되는 관심이다. 덜 외롭도록 다독이고, 많은 프로그램으로 즐거움을 줄려고 노력한다. 하지만 아무리 노력해도 목마름을 적셔줄 사랑은 따로 있다. 자식들이여. 내가 사랑에 목말라 할 그날이 지금이라고 생각하며 미래의 나에게 단비를 내려야 하지 않겠는가.

아버지의 집

두 아들은 장가가고 빈방을 남겨 주었다. 쓰던 책상도 그대로 있고 유치원 졸업 때 찍은 사진도, 태권도 단을 따고 찍은 사진도 그대로 벽에 붙여 놓고 갔다. 사진 속에 있는 아이들이 보고 싶어 청소를 하다 말고 앉아 그 시절 아이들을 불러 내 종종 시간여행을 떠난다.

이 방에는 상반된 또 하나의 기억이 앉아 있다. 방 한쪽 구석에 아버님 평생을 기록하신 일기장 박스도 있다. 살아생전에는 매일 일기장을 열어 그날을 기록하시고, 우리가 기억 못하는 것이 있으면 아버지의 기록장에서 찾아 알려 주셨다. 박물관 같은 역사가 우리 집에 보관되어 있다.

나는 그 방에 앉아 어릴 적 내 아이들의 추억 속에 머물다 아버지의 일기장도 한 권씩 꺼내어 읽어 본다. 한자로 후려 쓰셔서 잘 알아보지 못하는 부분이 많아 슬슬 읽다가 승복이라는 단어가 나오면 꼼꼼히 읽곤 한다.

'승복이가 돈이 부족하다고 하여 오십 만원을 찾아다 주었다. 그리고 미수가루를 넉넉히 싸주고 용돈도 만원 주었다. 2시 차를 타고 떠났다. 많이 서운하다.'

82년에 오십 만원이라는 돈이 왜 필요해서, 아버지께 손을 벌렸는지. 나는 돈을 받아온 기억조차 없다. 아버지께서 어떻게 우리를 사랑했는지 기록 속에 고스란히 남아 있지만, 그 사랑 받은 자식들은 너무나 당연한 일이라 기억하지 못하고 산다.

어머니가 돌아가시고, 혈관성치매로 휠체어 생활하시는 아버지를 요양원으로 모시게 되었다. 5명이나 되는 자식 누구도 모실 수 있는 형편이 되지 않았다. 아니 아버지를 위하여 자신의 생활 리듬 깨는 것을 거부했다고 말하는 것이 옳은 것 같다.

아버지를 요양원에 모시면서 나는 아버지를 마음에서 떠나보내고 있었다. 매일 아침 저녁 진지를 해 드리러 아버지 집으로 가는 고단함이, 나를 용감하게 했는지 모른다. 아버지께 "요양원으로 가셔야 합니다."라는 말을 꺼내지 못하고, 우리는 막중한 임무를 서로 미루었다. 늘 가까이에서 모시던 내가 집 떠나는 아버지의 서글픔을 알면서 씩씩한 척 말씀을 드렸다. 아무말씀 없이 고개를 숙이고 방바닥에 손가락으로 무엇인가를 쓰며 앉아 계시던 그 모습이 시간이 흐르며 선명하게 가슴을 저미며 올라온다. 자식들은 부모님이 힘이 없어지면 우리 마음대로 부모님 생각을 결정하고 산다. 부모님이 어떤 마음인지 알면서 우리 편하자고 그렇게 하고 산다.

아버지께서 요양원으로 가시면서 그 작은 집은 정리되었다. 아버지 손때 묻은 살림이 사용하기 좋게 배치되어 주인을 기다리고 있는데, 그것들이 흔들린다. 농을 만져도. 냉장고를 열어도, 식탁의자에 앉아 보아도, 부모님과 함께 했던 순간들이 떠올라 손이 자유로울 수가 없다. 작은 책꽂이, 일기 쓰시던 책상, 어느 것 하나 소중하지 않은 것이 있으랴. 동생과 나는 한동안 서성거리며 옷들을 꺼내 보고 서랍을 열어 사진을 꺼내보며 일을 하지 못했다.

그러다가 마음먹고 돈 받고 일 하는 사람처럼 분리수거하듯이 아버지의 집을 빈집으로 만들었다.

아버지 일기장 속에 있는 그 많은 사연들. 구구 절절한 자식에 대한 마음이 아버지의 작은 집으로 모이게 했는데 우리들의 공간을 동생과 나는 부셔버렸다. 쓰레기와 구석구석에 있던 먼지들도 아버지 숨결 같아 소중하게 보이는 빈집에서 동생과 나는 서성거리며 한참을 있었다.

요양원에 계시는 어르신들이 얼마나 집을 그리워하고 돌아가고 싶어 하는지 아는가. 선생님들이 잘 해 주는 것도 알고 편하다는 것도 안다고 하신다. 하지만 아무리 잘 해줘도 집에서 살고 싶다고 한다. 나는 그 말을 들을 때마다 우리 아버지가 생각난다. 요양원으로 가시고 한 번도 집으로 모시지 못하고 돌아가셨기 때문이다.

며칠 전 일이다. 요양원에 자주 오는 딸이 어머니를 모시고 외박을 간다고 한다. 어르신은 덩치도 크지만 스스로 돌아눕지도 못하는 와상 어르신이다. 이동문제와 기저귀문제를 어떻게 감당 하겠느냐고 했더니 해마다 모시고 나간단다. 딸집에서 하루를 주무신 어르신은 개선장군처럼 의기양양한 미소를 지으며 돌아오셨다.

어떤 어르신은 아들이 어머니를 모시고 제주도에 다녀왔다. 그때도 어떻게 기저귀를 갈겠느냐고, 걸음걸이도 시원찮은데 어떻게 모시고 다니겠느냐고 하자, 아들은 올해 아니면 우리 엄마는 여행도 한번 못하고 돌아가실 것 같다고 했다. 잘 모시고 갔다 올 테니 걱정하지 말라고, 오히려 우리를 안심시켰다. 돌아온 아들은 사진을 찍어 어머니 계시는 벽면을 도배했다. 예쁜 모자를 씌우고, 옷도 매일 갈아 입혀서 어머니를 꽃같이 찍었다. 원래 귀여운 어르신은 사진마다 꽃같이 피어 있었다.

그렇게 할 수 있는 일을 나는 못했다. 생신이면 아버지를 모시고 형제들과 식사를 했다. 식당에 가면 휠체어 타고 들어가기가 만만하지 않아 동생들이 업거나 휠체어를 몇 명이 들고 움직였다. 우리들에게는 큰 행사였던 아버지의 생신잔치, 그 작은 모임을 한 후에는 모두가 만족한 듯이 헤어졌다.

　집으로 모시고 와서 생신잔치를 해 드릴 수 있었는데, 그리고 우리와 함께 하루 밤을 주무시며 즐거워 할 수 있었는데 생각조차 하지 못했다. 우리 아버지는 집이 없는 분이었다. 내가 흔적도 없이 부셔버리고 요양원을 아버지의 집으로 만들어 버렸다. 당연한 일인 양 명절 인사도 그곳으로 갔다. 나는 가끔 아들이 남겨놓은 방구석에 앉아 아버지의 사랑을 품는다.

　자식들을 품어 키웠지만 그 자식들은 부모님을 품지 못하고 산다. 나 편하자고 품을 만들지 않아서 우리 부모님을 외롭게 만든다. 점점 더 당연시 되고 있는 이런 흐름이 안타깝고 서글프다.

　(아버님은 내가 요양원에 근무하면서 우리 요양원으로 오셨다.)

엇갈린 모정

용화사를 지나서 무심천을 거슬러 가다보면 운천교 신호등을 지나게 된다. 그 곳에 구부정하게 서 있는 소나무 한 그루가 있다. 소나무 사이로 검은 전기 줄과 통신선이 어지럽게 엉켜 지나가고 바지랑대 마냥 키만 큰 소나무는 목을 길게 빼고 먼 곳을 바라본다. 왜 소나무의 기개는 다 잃어버리고 홀로 서 있느냐고 물어본다. 소나무는 말이 없다.

나이테가 밀어내는 갑옷 같은 껍질도 만들어 내지 못하고 서 있는 소나무를 보고 있으면 어르신이 생각난다. 눈을 감고 대꾸도 하지 않는 변함없는 표정, 연체동물처럼 늘어져 있는 유난히 긴 팔다리. 피딱지가 덕지덕지 붙어 있는 마른 입술, 마르고 핏기 없는 얼굴로 어르신도 늘 외면한다. 상관하지 말라고 귀찮다고, 먹으면 죽을 수 없다고 한다. 그리고 죽은 듯이 누워 있다.

그러다가도 숨을 쉴 수 없다며 묘한 기운이 서린 눈으로 빤히 바라본다, 섬뜩하다. 광대뼈가 불뚝하게 나와 있는 핏기 없는 얼굴로 내 눈을 잡으면 나도 기분이 묘해진다.

며칠 전에는 손가락을 들어 내 등 뒤에 사람이 서 있다고 했다. 순간 오싹해지며 긴장되었다. 무서움을 쫓기 위해 가라고 소리를 질러댔다. 발길질도 하고 팔을 휘둘러가며 쫓아내는 시늉을 했다. 마음이 허하여 생기는 환상이라고, 손을 잡고 찬송가를 부르기 시작했다. 처음에는 고개를 저으며 완강하게 거절을 하다가 시간이 흐르며 생각나는 곳에서는 간간히 따라 부른다. 삼십분이 넘도록 손을 잡고 찬송가를 불렀다. 등 뒤에 있던 그 어떤 것이 나에게로 온 것처럼, 퇴마사가 되어 의무를 다해야 하는 사람처럼 신들린 듯이 불렀다. (기독교 신자로 찬송가가 침상에 늘 있었음)

소심한 성격이었던 어르신은 큰 아들을 잃고 우울증이 심해졌다고 한다. 몇 년 씩 입 퇴원을 거듭하고 손도 까닥하지 않는 무기력증으로 간병인 도움을 받아야 했다. 남편까지 병원생활을 하면서 아들은 두 분 병원비로 힘겨웠다고 한다. 남편이 세상을 떠나자 하나 뿐인 아들은 미국으로 떠났다, 서류상 무자식이기 때문에 나라의 도움을 받는 수급자가 되고, 홀로 남겨진 어르신은 등급을 받아 요양원에 맡겨지게 되었다. 우울 증세는 더 깊어지고 주기적으로 정신 착란증세를 일으켜 밤새 귀신에 홀려 도망 다니고 부들거리고 떨며 울었다.

홀로 남겨졌다는 외로움에, 거미줄처럼 엉켜있는 전선이 바람에 흐느끼듯이 온몸을 흔들며 지쳐 쓰러질 때까지 울었다.

어느 날 우체국에 가자고 한다. 그날은 아주 정상적인 아주머니가 되어 사모님 같은 말투로 말한다. 통장으로 들어오는 노령연금을 찾아야 한다는 거다. 우체국까지 어르신을 모시고 가 확인하니 통장에 돈이 없는 거다. 손 댈 사람이 없어 금융사고가 난줄 알고 직원들과 소란을 피웠다. 3개월마다 돈을 인출한 흔적이 있어, 미국 아들에게 보고차원에서 전화하니, "저에요, 생활이 여의치 않습니다. 어머니는 요양원에서 돈 쓸 일이 없을 것 같아서" 라고 아주 작은 목소리로 말했다. 지인을 통해 송금 받았다고 한다. 서운하고 괘씸한 마음이 깊어진 어르신은 아들을 향한 그리운 마음이 얼어붙었다. 미국이 아니고 한국에 있을 거라고. 의심은 살이 녹아내리는 고통으로 눈을 감고 입을 열지 않았다.

아들에 대한 배신감이 있을 때마다 물도 넘기지 못했다, 응급실에서 살아나는 과정을 몇 차례 겪을 때 마다 무섭게 말라갔다.

　아들은 한 달이면 한 두 번씩 내 전화기로 안부 전화를 한다. 사랑한다는 말을 유난히 많이 한다. 아주 부드럽고 낮은 목소리로 속삭인다. 그리고 자리를 잡으면 미국에 와서 함께 살자고 한다. 귓전을 간질거리는 바람은 여운이 남아 어르신을 감질나게 했다. 잔인하지만 폭풍으로 휘감아 날려 버리면 한 가닥의 기다림에 피를 말리는 고통은 없을 것을… 바라보는 마음은 답답하고 아쉽다. 아들에게 전화 왔다고 하면 반기기보다 외면하며 '끊어' 라고 하니, 어머니의 마음도 멀리 있는 아들의 마음 중간에서 어정쩡하게 서 있는 내가 한심스럽다. 이게 뭐란 말인가.

　무심천 소나무는 머리채를 한쪽으로 기울이고 있다. 지나치는 사람들은 소나무가 있는지 알지 못한다. 흐드러지게 피어나는 벚꽃만 보일 뿐이다. 낮에는 자동차 소음소리에, 밤에는 무심천 물소리 바람소리 사람의 발자국소리 속에서 그리움에 목 놓아 울고 있는지 모른다. 침묵 속에서 홀로 울고 때로는 요양원이 떠나가라고 소리 내어 울부짖어 대지만 그 마음 알지 못한다. 그가 얼마나 외롭고 무서워하는지, 그리움에 얼마나 몸서리치는지, 몸으로 울어대는 그 슬픈 메시지를 읽어내지 못한다.

　어르신은 우울증 환자로 무심천 소나무와 같이 그냥 그렇게 홀로 앓고 계신다.

유자식이 상팔자

여름비가 그칠 줄 모르고 내린다. 이런 날은 내 마음도 축축하게 젖어 내린다. 봄 내내 그렇게도 매정하게 돌아 앉던 비 소식은 지칠 줄 모르고 퍼 부어대는 장마로 답이 왔다. 칸나의 정열처럼 태양의 열기로 후끈거려야 하는 계절임에도. 하루도 맑은 햇살을 주지 않으니 마음은 추수릴 수 없이 가라앉는다.

기압의 변화는 마음의 동요를 일으킨다. 불쾌지수가 극도로 오르기에 모두가 조심스러운 날이다.

습기로 가득 찬 실내도 물속이긴 마찬가지다. 젖은 공기에 숨이 차오를 것 같이 답답하다. 어르신들은 작은 진동에도 소소하게 분별이 일어난다. 차분하면서 뭔지 모를 문제가 도사리고 있는 질퍽함이 있다. 날씨에 따라 달라지는 기분을 조절할 수 있는 분들이 아니기에, 잔바람에 나긋하게 흔들이는 갈대처럼 그 마음을 부드럽게 뉘게 해 줘야 한다. 그래서 날이 궂은 날은 마음이 바쁘다.

오늘도 할머니는 간호사 스테이션 앞을 힐끗거리며 오간다. 비 오는 날은 밖을 내다 볼 수 없으니 시간이 더 지루한 모양이다. 그냥 지나가도 되건만 꼭 곁눈질하듯이 살피고 가신다. 어떻게 살아오셨는지 알리기라도 하듯이 보기 안쓰러운 행동이다.

할머니는 결혼해서 딸아이를 하나 낳았으나 크기도 전에 잃고 그 후로도 아이가 없어 작은 부인한테 자리를 내 주고 집을 나왔다고 한다. 살아가야 하는 문제로 외로움은 허기에 비하면 사치놀음일 뿐이었다고 한다. 뒤 늦게 만난 새 영감님에게 손이 필요한 손자가 있어 친 할머니같이 따르는 손자를 살뜰히 키운 모양이다.

박복한 할머니는 영감님과 사별하고 유일한 혈육인 육촌동생이 사는 고향으로 돌아와 동생에게 전 재산인 작은 아파트와 통장을 안겨주었다고 한다. 오갈 곳 없는 누이를 받아달라고 말이다. 하지만 육촌 동생은 누나를 수급자로 만들었고, 무의탁노인이 되어 양로원으로 오게 되었단다. 지금까지 노령연금으로 들어오는 통장은 그 동생이 쓰고 있지만 그나마 간간이 찾아오는 보호자가 필요한 할머니는 통장 이야기를 꺼 내지 못하고 가슴앓이를 한다. 거래는 균형이 맞아 서로 서운하지 않아야 하지만 할머니의 고독과 통장

과의 거래는 욕심과 서운함으로 옭아매고 있는 것 같다.

할아버지와 살면서 키운 손자가 한번 씩 찾아온다. 열매를 바라고 꽃이 피던가. 꽃이 피면 벌이 날아오고 열매를 맺고, 순수하게 이어지는 자연의 이치. 할머니가 순순하게 바친 정성을 먹고 자란 손자는 실한 열매가 되었다.

치아가 부실한 할머니께 손자는 죽상자를 보낸다. 그러면 이렇게 정적이 흐르는 날 한턱 쏘기도 한다. 할머니는 목소리가 커지며 손을 크게 휘저으며 어르신들께 어서 먹으라는 신호를 보낸다. 할머니도 저렇게 당당하게 목소리를 키울 수가 있구나하고 놀란 적이 있다. 자존감을 흔적도 없이 묻어 버린 줄 알았는데, 움츠리고 살았다는 생각이 들어 안쓰러워진다. 자식이 있으나 없으나 모두가 보호받아야 하는 자신들인 것을 알지 못한다.

평생을 꼿꼿하게 서서 앞을 바라보지 못한 할머니는 자신이 어디에 서 있는지 알지 못한다. 자아를 찾지 못한 채 살아가는 할머니는 평생을 그렇게 남을 의식하는 인생을 살아오신 것 같다.

무서운 습관들. 힐끗거리는 눈매는 평생을 지고 가야하는 업이다. 어찌 세상을 바로 보지 못하고 옆으로 봐야만 했는가. 이리 쏠리면 이리로 저리 쏠리면 저리로 흔들리며, 다음에 불어올 바람을 미리 걱정하느라 그렇게 되었는가. 할머니에게는 자신이 붙들고 서야 할 그 무엇이 없었다. 자식이 한명이라도 있었으면, 자식을 향한 모성애는 할머니를 반듯하게 앞을 보고 살아야 할 이유를 만들었을 거다. 그리고 당당한 어머니가 되어 있지 않았을까. 이렇게 서글프게 곁눈질을 하며 선생님들이 나만 무시한다고 기죽어 살지 않았을 것을.

모든 기억을 다 잃어도 자식이름은 기억하는 내 부모님들은 자식들이 있어 당당하다. 내 어머니들의 자존감으로 존재하는 자식들, 여섯 명이나 되는 아들이 한부모를 못 모신다 해도 그래도 그 부모들은 실바람에 흔들리는 한 가닥 남은 가랑잎도 자식을 위한 거름이 되고 싶어 한다.

비는 계속 내린다. 언제부터 마시기 시작했는지 어르신들은 달달한 커피를 좋아하신다. 따뜻한 커피와 부드러운 치즈 케익을 드려야겠다. 곁눈질하고 지나는 할머니 손을 잡고 거실로 함께 걸어간다. 할머니는 두 손으로 내 손을 감싸 안고 행복한 표정을 짓는다. 거친 할머니 손에서 온기가 전해진다.

꼬부랑 할머니의 장맛

저녁 식사에 맛있는 아욱 된장국이 나왔다. 국을 푸면서 구수한 냄새에 군침이 돈다. 국자로 한 모금 마시며 너스레를 떨었다. 국이 너무 맛있으니 저녁 많이 드시라고 말이다. 그리고 분주하게 식사 보조를 하는데 어르신 한 분이 국을 드시지 않는다. 왜 안 드시냐고 여쭙자, 날 된장냄새가 나서 안 드신단다. 장을 덜 띄워서 맛이 없다는 거였다.

콩은 푹 삶아서 잘 띄운 메주로 장을 담가야 장국을 끓여도 맛이 난다는 거다. 그리고 장독에서 일 년 이상은 묵혀야 장맛이지, 그렇지 않으면 날 내가 나서 국을 끓이면 맛이 없다고 말씀하신다. 그 말에 꼬부랑 할머니 메주가 생각난다. 그분도 이렇게 요양원에 계시다 돌아가셨는데 잊고 살았다.

꼬부랑 할머니는 작은 집이 다닥다닥 매달려 있는 언덕배기에 삼 칸 집을 그대로 유지하고 살고 계셨다. 윗목에 메주 네 덩이가 예쁘게도 볏짚을 깔고 인사 한다. 메주를 탐내니 할머니께서 콩만 있으면 구들에다 맛있게 띄워 주신다고 말씀하셔서 죄송하지만 부탁을 하게 되었다.

수동 언덕배기로 시집오셔서 기와가 버거워 집이 기울도록 사시는 할머니 연세는 구순이다. 남편을 40년 전에 여의신 할머니는 슬하에 자식이 없다. 부처님께 의지하고 열심히 절 문턱을 넘으시니 다행이고, 마실 꾼이 끊이지 않으니 인심도 잃지 않고 사는 어르신이다.

아랫목에는 하얀 호청으로 시침 한 이불은 온기를 붙들어 매고 뒤 문에는 문고리를 걸고 놋쇠 숟가락 질러 외로움을 불러들이지 않았음이라.

현대사회와 타협하지 않으시며 당신 삶의 정도를 지키고 계시는 할머니와 함께 메주를 쑤었다. 서둘지 않고 차근차근 흐르는 물같이 하루 종일 메주를 쑤었다.

메주가 끓어 넘치지 않게 진한 콩물이 솥 바닥에 눌러 붙지 않게, 읽어서 들어서 할 수 없는 세월의 지혜를 바라보며 천천히 그 속으로 빨려 들어갔다, 메주에 틈이 있으면 갈라진다고 끊임없이 당신 가슴에 난 틈을 메우듯 돌려가며 쓰다듬고 톡톡 다독이는 모습이 애

잔해서 바라보고 앉아 있다가 빨리 메우라고 재촉을 받기도 했다.

속살이 뽀얀 하게 드러난 볏짚을 줄 맞추어 윗목에 깔아 놓고 우리는 메주가 꾸들꾸들 마르기를 기다렸다. 11월의 해는 짧기도 하다. 할머니와 둘이 절에서 얻어온 떡을 마루에 걸쳐 앉아 노을을 바라보며 먹었다. 붉은 노을이 너무 찬란해서 자꾸 목이 멨다. 순리대로 순응하며 비록 달달하고 고소한 인생은 아니지만 노을이 아름다운 할머니만의 장맛이 들고 있다.

어찌 항아리 속에 장맛이 모두 같은 맛일 수 있겠는가. 가슴으로 삭인 감칠맛이 짭쪼롬한 깊은 맛이 여기에 있지 않은가.

메주 네 덩어리를 만들어 윗목에 모셔두고 집으로 왔다. 그리고 두 달 뒤 할머니는 당신 가슴을 한 켜을 베어 넣은 것처럼 가운데가 까므롬하게 뜬 메주를 주셨다.

음력 1월 마지막 날 포근한 날씨가 고맙다. 소금을 한 바가지 퍼 소쿠리에 넣고 물을 살살 뿌리니 결정체가 또렷한 소금이 제 몸을 낮춘다. 물은 잠깐 고였다가 이내 소금물이 되어 없어진다. 또로록 또로록 떨어지는 소리, 이 소리는 장 담글 때면 떠오르는 어머니의 소리다. 공명한 울림에 귀를 기우리며 소금이 풀려 사라지는 모습을 보며 어머니의 소리를 듣곤 했다.

맑은 소금물을 깨끗하게 씻은 메주와 함께 단지에 넣고, 고추도

고운 것으로 넣고 대추도 실한 놈으로 골라 넣었다. 부정을 쫓는다는 참숯도 달구어 넣고 고소하라고 깨도 살살 뿌려 주었다. 지저분해진 장독을 깨끗이 닦고 한참을 바라보고 서 있었다. 개운한 기분도 있었지만 꼭 집어 말할 수 없는 어떤 간절한 마음을 전하고 싶어서였다.

비우고 채우는 의식을 치르며 삶의 연속을 영위한 것처럼, 수많은 언어를 쏘아 부으며 세월을 거스를 수 없는 기다림을 시작할 것이다. 꽃바람이 불면 꽃내음 맡고 솔바람 불면 솔바람 불러들이고… 햇볕에 빨간 고추 빛을 나누며 내 장맛은 어떤 장맛을 만들어 낼까.

복사꽃이 피는 4월에 내 항아리 속에도 하얀 복사꽃이 동동 떠 있기를 바라는 마음으로 장을 담갔다.

장맛은 할머니께서 지키고자 한 인생같이 차지고 구수했다. 연탄불이 덥혀주는 아랫목에서 띄운 메주는 다시는 맛볼 수 없는 추억을 주었다.

보건소 다니던 시절에 만난 할머니는 그 후로도 계속 연락을 하며 살았다. 할머니는 누룽지를 남겼다 주시고 고추장도 나누어 주셨다. 드나들던 조카며느리는 어르신이 치매증세가 오자 요양원에 모셨다. 요양원에 가신 후로는 동네 어르신들에 의해 소식이 전해

졌다.

꼬부랑 할머니도 요양원에서 장맛을 그리워하셨을 것만 같다.

푹 삶아 결이 잘 삭은 콩으로 만든 메주를, 아랫목에서 맛있게 띄워 장을 담가 장광에 보관해 놓으셨다. 깨끗하게 정돈된 장광이 못미더워 편하게 잠은 주무셨을까. 오늘 된장국 맛 타령을 하시는 할머니를 보면서 꼬부랑 할머니를 보고 있는 착각이 든다.

아들의 눈물

아들의 눈물

　도시가 우중충하고 봄바람이 싸늘하게 부는 날, 보호자도 없이 어르신을 병원에 가서 직접 모시고 왔다. 날씨가 그래서 인지 어르신이 유난히 우울해 보였다. 마른 몸매에 눈빛은 날카롭고 표정이 완고하다. 미간 주름은 조각 같이 세워져 있고 얇은 입술은 반듯하게 채워져 있다. 창밖은 무심천변에 줄지어 있는 벚꽃 망울이 터지고 있다. 어르신과 공감하면 어색한 분위기가 좋아질까 싶어, "어르신 벚꽃이 피고 있어요." 하자 귀찮은 듯이 "어디로 간다는 게야" 하고 화를 내셨다.

　어르신은 요양원에 도착해서도 표정변화는 없고 다문 입은 열지 않았다. 바쁜 아들은 뒤늦게 와 아버지에 대한 이력을 설명했다. 어르신은 시골에서 혼자 사셨다고 한다. 아들 다섯 명을 남부럽지 않게 성장시켜 모두 출가시키고, 두 분이 사시다 어머니가 먼저 돌아가시고 혼자 사셨다고 한다. 가부장적이고 고지식했을 어르신은 지금도 그 기가 성성하다. 사시는 동안 부인을 도와 살갑게 도란거리며 살았을 성품은 아니다. 혼자가 되시고, 습관 되지 않는 생소한 일상을 도움 없이 생활 하셨다고 한다.

혼자라도 식사를 잘 해 드시는 분도 많지만 어르신은 그렇지 않았나 보다. 식사를 하지 않아 운동량이 작아진 위는 서서히 기능을 잃어가고, 외로움에 말을 잃어가는 것처럼 위로 들어가는 문도 닫혀갔다. 영양분을 흡수하지 못한 기관은 기능이 마비되어 버렸다. 살아 있는 기개는 눈빛으로 모아졌는지 어르신은 독립투사 같은 예리한 눈빛을 하고 계셨다.

요양보호사 선생님들의 정성에 음식을 조금씩 자주 드시며 식사량이 느는 듯했다. 창밖으로 눈을 돌리고 깊은 생각에 잠기는 모습도 보였다. 익숙하지 않지만 묻는 말에 대답도 하시고 손을 내밀면 손도 잡았다. 좋아지는 듯이 보였다. 하지만 그렇게 길게 함께하지 못했다.

아들은 아버지에 대한 상담을 하고 돌아서며 말을 잇지 못하도록 울었다. 남자 어른이 눈물을 펑펑 흘리며 울었다. 몇 번이고 편하게 모셔 달라고 부탁했다. 그 '편하게'라는 뜻을 어르신이 돌아가시고 알았다. 편하게 가실 수 있도록 부탁한다는 것을. 아들이 흘린 눈물은 아버지에 대한 고해성사 같은 거였다. 어쩔 수 없이 요양원에 아버지를 모셔야 하는 그 마음을 눈물로 표현했던 거다.

요양원에 계시는 동안에 가까이에 있는 아들 한 명만 가끔 찾아왔다. 아버지 침상 옆에 잠시 머물다 가는 방문자였다. 입으로 죽 한 수저 변변하게 넘기지 못하는데, 어르신으로 파생된 많은 가족은 다 어디에 있는 것일까. 살가운 딸이라도 한 명 있었다면 얼마나 좋을까 하는 생각을 하게 했다.

어르신은 외로운 표현을 하지 않으셨다. 같은 방 어르신들에게 찾아오는 가족들에게도 관심을 보이지 않았다. 눈을 감고 계시거나, 창밖을 응시하시고 앉아 계시거나, 무관심한 혼자만의 세상에 계셨다. 점잖으신 건지, 성격이 무서우신 건지, 무뚝뚝한 성격인지 파악되지 않았다.

어느 날. 어르신은 노래를 하셨다. 밖에서 하는 노랫소리를 듣고, 그 노래를 따라 부르셨다. 아주 작은 소리로 흥얼거리듯이 리듬을 타셨다. 그 틈을 타고 나는 어르신과 대화를 시도하고 그 노래를 아는 척했다.

그래도 허투루 당신 이야기를 하지 않으셨지만 노래는 따라 하시기도 하고 간단한 대화는 거부하지는 않으셨다.

어르신은 아들 5명이 당신과 다른 삶을 살아주길 바라는 마음에, 미간의 주름을 세우고 다그쳤는지도 모른다. 아들은 그 품에서 헤어나고자 갈등하여, 그 번득이는 눈길을 피해 종속시키려는 목소리가 들리지 않는 곳으로 떠나 버리지나 않았는지. 그래서 지금 이렇게 외롭게 계시는지 알 수 없다. 내 오빠도 엄격하고 바르기만을 요구하는 아버지의 품을 떠나 많은 방황을 하고 살았기에, 어르신과 아들들도 그러지 않았을까 하고 생각해 본다.

어르신이 산 삶이 허망하다고 할 수는 없다. 무거운 지게를 지고, 밭을 일구고 가을이면 추수 하여 자식들 등록금을 마련했을 어르신은 5명 자식을 모두 나라의 녹을 먹는 사람으로 만드셨다. 뿌린 씨앗이 촉을 틔우고 커가는 것은 내 자식 입으로 들어가는 밥이요. 글을 틔워주는 등록금이 된다는 것을 희망으로 평생 흙과 함께 가장의 책임을 다 하신 우리들의 아버지이다.

천지에 널려 있는 사랑의 소리를 듣지 않으신 어르신. 새싹이 돋아나는 소리 꽃이 피어나는 소리 햇살이 부서지는 소리를 들을 줄 몰랐던 우리들의 아버지. 미간에 세운 주름으로 번득이는 눈빛으로 아들 교육을 위해 삭풍이 몰아치는 긴 겨울을 버텨 오셨을 내 아버지. 비루하지도 치사하지도 않게 앞만 보고 살아오신 우리들의 아버지 모습이다.

마음을 살갑게 나눌 줄 모르는 거, 그건 타고난 성품도 있지만 오랜 동안 몸에 익힌 습관이 더 많이 작용하는 듯하다. 사람으로 만들어지고 사람으로 다듬어지는 곳, 가정은 사람을 만들고 길러내는 곳이다. 그 속에는 정을 나누고, 끈끈한 감촉으로 어우러질 수 있도록 사랑을 키우며 우리는 살아지는 곳이다. 그 에너지로 우리는 살아가고 있는 거다.

위급상황이라고 전화 하니 막내아들이 달려왔다. 뒤이어 가끔 오던 아들도 달려왔다. 생전에도 이렇게 달려와 주었으면 얼마나 좋았을까. 드시지 않아 말라버린 위는 끝내 주름이 펴지지 않았다. 아들들은 그 사실을 알지 못했다. 아니 공감하지 못했다. 돌아가실 때까지 성성하게 살아 있던 아버지의 눈빛을 기억할 것이다. 누구를 위한 기개였을까. 비좁은 틈이라도 만들어 나를 내 보였으면 그렇게 외롭게 가시지는 않았을 것을, 어르신이 가엾다.
우리들의 아버지로 살아오신 어르신을 깊은 마음을 모아 추모한다.

어머니의 생인 손

우연히 창밖을 내려다 본 나는 온몸에 전율이 일었다. 내가 서 있
는 자리가 어릴 적 살던 우리 집 자리라니. 오십 년 전에 서 있던
전봇대가 지금도 골목 입구를 지키고 있고 앞집 선술집도 그대로
있다. 어머니는 토요일마다 오시는 아버지를 위하여 분주하게 돼
지고기 찌개도 끓이시고, 바삭하게 김도 구우셨다. 나는 노란 주전
자를 들고 앞집으로 막걸리 반 되 심부름을 갔었다.

아버지께서는 수저에 남은 찰기로 김을 한 장 콕 찍어, 바스락 소
리가 방안 공기를 울리게 맛나게 드셨다. 우리는 그 앞에서 침을
삼키며 상 물리기를 기다렸고. 식사가 끝나면 막걸리를 드시고, 탁
소리 나게 상위에 잔을 내려놓으셨던 그리운 내 집이다.

어머니는 기다리던 우리에게 돌아가며 찌개 국물을 입에 넣어 주시고, 다음 날 길 떠나는 아버지께 한 번 더 드려야 한다며 상을 내 갔다. 찬장 깊숙이 밀어 넣는 찌개 임자가 아버지가 아닌 오빠였는지 알지 못했다. 대청을 사이에 두고 건너 방에는 작은집 5식구가 살았다. 시골에 살면 아이들을 못 가르친다고 우리 집으로 데리고 나오셨다. 윗방과 골방에는 큰집 사촌들이 차지하고, 그 속에서 오빠는 외돌았다. 아버지께서는 집 떠나온 사촌들에게 더 많은 배려를 하시고, 그 뒤에서 오빠는 어머니의 생인손이 되었다. 골목 입구 전봇대에 서서 멀리 터덜거리고 오는 사람이 오빠이기를 어머니는 밤마다 애타게 기다렸다. 가까이 올수록 오빠가 아닌 것이 확인되면 가슴을 치며 흐느꼈다.

어머니의 한이 서리서리 녹아 있는 전봇대는 그대로 서 있다. 아침이면 10개의 도시락을 부뚜막에 늘어놓고 부족한 밥을 메우기에 여념이 없으셨다. 그 모습을 보고, 밥 얻으러 온 거지가 혀를 차고 그냥 가더라고 하신 어머니는, 정작 당신은 뜨물을 끓여 점심을 때우셨다. 오빠는 불량소년이 되어 아버지의 월급을 들고 집 나가기 일쑤였다. 아버지는 무섭게 오빠를 몰아세우고 어머니에게 가정교육의 책임을 물으셨다. 그 많은 도시락 속에 오빠 도시락은 없었고 내 집에서 또래의 사촌들 사이에 끼지 못했다.

기름처럼 외도는 아들은 어머니의 가슴 절이는 생인손이었다.

오빠는 어긋난 부자간의 마음을 늘 왜곡하고 탓하며 가까이 오지 않았다. 엄하셨던 아버지 앞에서 말 한마디 못하시고 사신 어머니다. 나이 드신 후에는 아버지를 탓하며 "천지간에 가장 멍청한 사람"이라며 화풀이를 하셨다. 그러면서 어머니는 말없이 홀로 앉아 계시다가 푸념 섞인 말씀 끝에 긴 한숨을 몰아쉬는 일이 많아졌다. 외롭다고, 슬픈 마음을 주체할 수 없다며, 힘겨워 하셨다. 내 어머니께서 성장한 자식들에게 의지하고 싶어 했지만, 바쁜 일상에 모르는 척 했다. 어머니의 반복적인 푸념이 귀찮았고 듣고 있으면 답답증에 화가 치밀었다. 가장 외로울 때 홀로 방치된 어머니는 평생을 절절한 그리움으로 사무친 오빠와 살고 싶어 했다. 살림을 합치고, 서로가 서먹했던 마음이 풀리기도 전에 오빠는 변해가는 어머니를 6개월 만에 밀어냈다. 그 충격으로 어머니는 세상과 문을 닫아걸고 밤과 낮을 가리지 않고 혼자 중얼거렸따. 알아듣지 못하는 언어를 홀로 되뇌이며 누군가와 말을 주고받았다. 나만의 세상 속으로 숨어버린 어머니 눈은 정처 없이 떠도는 구름 따라 허공을 헤매시며 웃기도 하고 울기도 하셨다.

나는 어머니를 어떻게 할 수가 없었다. 시어머니와 함께 살고 있는 처지라 부모님을 옆집으로 모시고 왔다. 어머니는 아버지를 원망하며 울며 끝에는 거침없는 욕설을 하셨다. 다음은 큰 어머니. 쌀한 톨 주지 않고 내 새끼 배 골려가며 가르쳤더니 고마워하기는커녕 지 새끼 잘 났다고 양양 거린다는 거였다. 공무원이었던 사촌오빠들은 결혼할 때까지 우리 집에서 생활하였으니, 그것 또한 어머니의 괴로움이었다. 한동안 가시덤불속을 헤매는 것 같이 거칠게 모두를 적대시 하며 원망하시고, 허망한 삶을 스스로를 자책하시며 힘겨워 하셨다.

착한 사람으로 인정받고 품성이 좋은 사람으로 소문났던 어머니는 많은 아픔을 가슴에 안고 참아내는 삶을 사신 거였다.

틈만 나면 안으로 잠근 자물쇠를 부수고 집을 나가 헤매셨다. 무엇이 그리 절실한 것일까. 한밤에 울리는 전화는 아버지 아니면 근처 파출소였다. 추운 겨울 날, 그날도 어머니를 찾아 헤매던 차에 인천 동생에게 전화가 왔다. 어머니가 ○○파출소에 계신다고 했다. 밖에서 어떤 할머니가 한 시간 이상을 떨고 계셔서 모시고 들어왔다고 한다. 어디 사는지 이름이 뭔지는 몰라도 아들 세 명의 이름을 말하고 큰아들은 어디살고 작은 아들은 인천에서 선생이라고 했단다. 인천에 있는 모든 학교로 연락해서 동생을 찾았고 놀란 동생은 나에게 전화한 거란다. 오빠는 가끔 그 파출소 신세를 지기도 했다.

어머니는 지금도 오지 않는 오빠를 찾으러 헤매고 다니셨던 거다. 전봇대에 서서 한없이 기다리던 그 마음, 그리움이 어머니를 부르고 있다는 가여움에 나는 말을 할 수 없었다.

어머니는 안방 깊숙이 숨겨 놓은 백자 항아리처럼 곱게 앉아 계신다. 공명음이 울려 퍼지는 듯이 해맑게 웃으신다. 그런 어머니를 안고 볼에 입을 맞추고, 손뼉을 치며 노래하면 따라 하신다. 얼마나 감사한지 노래하다 끌어안고 울고 웃고 사랑한다고 온몸을 흔들어 고백했다. 일찍이 어머니 손을 잡아 드리지 못한 딸의 돌이킬 수 없는 후회를 어머니의 애끓는 그리움이 한 박자가 되어 서로의 한을 풀어내듯이 놀았다. 끝까지 돌아보지 않았던 오빠는, 어머니의 한 많은 삶을 풀어 드리기라도 하는 듯이 가시는 날 산소에서 목 놓아 울었다.

기다림 속에 사시며 애절하게 가슴앓이를 하신 어머니는 많은 인연들과의 매듭을 하나하나 풀어내시는데 10년이 걸렸다. 그 시간은 어느 때보다 더 슬프고 가슴 아픈 기억들로 어머니를 괴롭혔는지 모른다.

한 맺힌 삶을 사시면서 그 삶이 힘에 부쳐 스스로 스러져간 내 어머니. 어머니께서 온전한 정신이실 때 어머니의 마음 읽지 못하고, 그토록 아파하시는 멍울을 풀어드리지 못했다, 홀로 방치한 불효는 가시가 되어 내 가슴에 통증으로 남아 있다.

어머니 살아계셔서 감사합니다

하늘이 뚫린 듯이 소나기가 지치지 않고 내린다. 점심식사 후 달 큰한 커피를 입속에 음미하며 창가에 앉았다. 소나기에 편승된 듯이 마음이 빗줄기에 빠져 들어간다. 시간공간을 초월하여 홀로 된 기분에 젖어 있을 즈음 물체의 움직임이 나를 깨운다. 세찬 빗줄기는 달리는 차를 잡아 세우기라도 하듯이 물세례를 퍼 붓는다. 빗방울은 하얗게 부서져 흘러내리고 차에서 급하게 우산을 펴 들고 사람이 뛰어 들어온다.

하루를 쉴 만도 한데, 오늘도 아들은 점심을 부지런히 먹고 커피 마시는 시간에 어머니를 만나러 온다.

소나기를 뚫고 온 아들은 요플레를 떠먹이며 "어머니 오늘은 비가 많이 와요"라고 도란거릴 거다.

어머니는 "아이구 어떻게 왔니"라며 기쁨 마음을 아들에게 선물할 것이다.

그에 어머니는 뇌경색으로 편마비가 있는 분이다. 혈관성치매도 심하다. 옆으로 돌아눕지도 못하시고, 식사도 먹여드려야 하는 분임에도 둘이는 정답게 대화를 한다. 아들은 하루에 있었던 일상 이야기를 하고 어머니는 듣는다. 그리고 핸드폰으로 사진을 보여주며 설명을 한다. 옛날에 옆집에 살던 누구네 이야기도 하고 먼 친척 이야기, 기억에 있는 이야기를 아들에게 묻기도 한다. 아들은 아주 소상하게 대답 한다.

말도 안 되는 질문도 많다. 하지만 아들은 정상으로 받아서 정상으로 대답한다. 말끝마다 어머니를 부르며 "아들이 중학교에 갔어요. 일등을 했어요. 큰 아파트로 이사를 가요."라며 소곤거린다. 학교에서 돌아 온 어린 아들이 어머니에게 종알거리듯이 보기 좋고 듣기 좋다. 집착도 섬망도 찾아오지 못하는 순간을 아들이 만들어주고 간다. 어쩜 저렇게 한결 같은 눈으로 어머니를 바라볼 수 있을까.

어머니의 한 쪽 뇌의 신경이 마비되어 있는 것을, 내 뇌가 마비되어 있는 수준에서 하는 대화는 평등하다. 아들도 어머니와 함께 하는 시간은 어머니와 눈높이를 함께 한다. 그러면 어머니의 신경계는 조금씩 풀려가고 있을 거라는 것을 안다. 아들이 오는 시간은 안온하고 평안하다. 그리고 아주 자연스러운 대화를 하신다.

어르신은 신장기능이 좋지 않아 한 달에 한번 정기 검사를 한다. 검사결과 전달 때문에 전화를 했다. 연결이 되지 않았지만, 급한 일이 아니어서 잊고 있었다. 아들이 부재중 전화를 보고 무슨 일인가 하고 연결했으나 통화가 되지 않자, 응급상황으로 병원에 있다는 불안한 생각에 얼마나 울었는지 모른다고 했다. 울었다는 말에 내 상식으로 이해가 되지 않아 매우 당황스러웠다. 일 년에 한 번씩 응급상황으로 병원에 갔었기에 그런 오해를 했단다. 다행이라고 했다.

아들의 사랑을 매일 먹고 사는 어르신은 자신이 있다. 당당하다. 매일 일상을 케어하는 우리보다 미묘한 표정변화에도. 작은 행동변화를 아들이 먼저 알아차렸다.

어르신은 반복적인 대화는 참기 어려울 정도로 심하다. 하지만 아들은 "가만히 계세요, 그렇지 않아요"라는 말 한마디 하지 않는다. 한결 같은 긍정인 원동력은 어디에서 나오는 것일까. 젊은 아들은 어머니가 증상이 심한 치매노인이라는 것을 안다. 노란 물감으로 이불에 그림을 그리고. 누구보다 심한 집착이 시작되면 숨도 쉬지 않고 반복되는 대화법도 잘 안다. 하지만 아들은 그 모든 것이 내 어머니이다. 그렇게 하고 계신 자체가 살아 계시기에 가능한 일이라고 한다.

어떤 모습이어도 하나뿐인 내 어머니 정녕 나를 알아보지 못해도 내 어머니로 살아계셔서 감사하다는 아들이다.

죽고 싶어도 죽지 못하는 시대에 살고 있다고 말한다. 늙고 병들면 가야 한다고 누가 말하는가. 사는 의미가 없으면 사는 가치도 없다고들 말한다. 내 어머니가 아들오기를 기다리며, 아들은 어머니 만나는 기쁨으로 매일 달려오는데 어떻게 의미가 없다고 말할 수 있겠는가. 아들은 엄한 아버지 대신 무한한 사랑을 주신 어머니를 사랑한다고 했다. 그 어머니가 어떤 모습이어도 말이다.

그래도 보고 싶은 내 아들

시골길을 굽이굽이 돌아 어렵게 한 어르신을 모시러 갔다. 길에 나와 기다리던 아들은 약속한 시간보다 늦게 왔다고 화를 내며 현관 앞에 차를 바싹 도록 손짓을 했다. 방은 어두컴컴했고 어머니는 방바닥에 누워 주눅 들은 얼굴로 멀뚱하니 낯선 얼굴을 올려다보고 있었다.

처음 요양원에 입소하시는 어르신을 모시러 집으로 가는 경우가 있다. 구급차를 이용해 와상어르신들을 편안하게 모실 수 있기 때문이다. 방문하면 집안 분위기는 심각한 듯 조용하다. 그리고 움직임은 분주하게 느껴진다. 말 한마디가 조심스럽고 부모님이 정든 집 떠나는 마음을 배려하는듯 하다. 죄송하고 서운한 마음이 가라앉은 분위기를 만든다. 그런데 아들은 큰 소리로 삿대질까지 해 가며 어머니를 구급차에 태웠다. 참 모시고 가기 싫다. 행동이 불쾌했다.

구급차를 뒤 따라 요양원으로 온 아들은 어머니를 방에 모셔 놓고 입구에 서서 하는 말이 가관이다. 이제까지 참았던 부아질이 터져 나오게 했다. 어머니는 손이 닿기도 전에 아프다고 소리친단다. 순 엄살쟁이로 일어날 수 있는데 누워만 있다고, 저러다 기운나면 네발로 기어서 경노당에 다녔던 분이라고, 큰소리로 어머니가 들을 수 있게 손 사례를 치며 말했다. 나는 아들을 복도로 밀어 냈다. 뒤로 밀려 나면서도 아들은 길어야 3개월 정도 살 것 같다며, 장례 치를 때 전화하라고 계속 언성을 높이며 돌아갔다. 어르신이 들을까 조바심과 죄스러움에 몸 둘 바 모르고 눈치를 살피는 일은 우리 몫이다. 어머니는 아들이 하는 소리를 못들은 척하고 계셨다.

어머니는 여장부같이 목소리도 크고 몸집도 손발도 크신 분이다. 호흡은 불규칙적이고 깊은 한숨을 주기적으로 토해냈다. 둔부와 대 전자. 정강이등 검은 상처가 계란크기로 있었으나 깊어 보이지 않았다. 집에서 모셨던 분이나 병원생활을 오래 하신 와상 환자는 대부분 상처를 가지고 오셨고, 치료하면 무리 없이 상처는 아물었다. 하지만 그 검은 상처는 엄청난 깊이에서 용암처럼 작용을 하고 있었다. 며칠 후부터 검은 상처를 뚫고 전신에서 썩은 감자마냥 고름이 흘러내리기 시작했다.

아들 내외는 들에 일 나가면서 춥다고 전기장판을 틀어 놓고, 움직이지 못하는 어르신은 뜨거워도 스스로 돌아눕지 못해 살이 익어버렸다. 엉덩이, 대전자, 복사뼈 등, 바닥에 닿는 부위는 모두 상처로, 보이지 않던 부분도 서서히 붉어지며 상처가 되었다.

엄청난 냄새를 감당할 수가 없다. 요양원 문을 열고 들어오면 역한 냄새로 어르신을 격리시켜야 했다. 소변은 붉은색으로 혈뇨였고 멍 자국으로 시퍼렇게 얼룩진 엉덩이와 허벅지는 어떻게 해석해야 할 것인가. 요양보호사 선생님들은 모두가 학대로 신고해야 한다고, 병원으로 보내야 한다고, 너무 냄새가 나서 케어 할 수 없다고 퇴소시켜 달라고 했다.

매일 돌아가며 찾아오는 딸들은 살가웠다. 말만 하면 소리치는 오빠가 무섭다고 사정이야기를 하며 부탁했다.

상처치료시간은 오전을 소비해야 할 만큼 대단했다. 누워서 바닥에 닿는 부분은 모두가 깊은 상처고 엄청난 고름으로 흘러내렸다. 매일 한 번씩 닦아내고 고름을 긁어 낼 때마다 어르신은 아프다고 소리를 질렀다. 손이 닿기도 전에 아프다고 하신 어르신은 정말로 아파서 손이 닿으면 더 아플까봐서 못 만지게 했는데, 엄살이라고 방치하고 소리 지르며 윽박지른 아들이다. 어르신이 너무 아파서 소리 지를 때 가여워서 물어본다. 그래도 아들이 보고 싶으냐고. 한

번도 원망을 한다거나 긍정의 대답을 하지 않으신 어르신은 아들을 그리워하고 있었다.

고름을 닦아 낼 때마다 "인정 있게 해 줘 인정 있게"라며 사정을 했다. 자주 오는 딸들도 상처가 그렇게 대단한지 알지 못했다. 어르신이 통증으로 발버둥을 쳐서 두 명 정도 보조를 해야 치료를 할 수 있었다. 하루는 딸이 어머니 손을 잡게 되고, 거즈를 떼어 내는 순간 엄청난 상처를 보자 자리에 주저앉아 흐느끼며 일어설 줄을 몰랐다.

어머니는 인정이 많은 분이었다고 한다. 황소같이 억척스럽게 재산도 일구고. 다복한 가정을 일구고 사셨다고 한다. 보행이 시원찮아지면서 바쁜 아들을 대신해서 딸집에 머물게 되고 자연스럽게 노령연금이 들어오는 통장을 딸이 갖고 있게 되면서 이렇게 된 거란다. 딸년들과 짜고 한패가 되었다는 말이 그 말이다. 돈이 문제다.

어머니가 일군 땅에서 농사를 짓는 아들은 그 땅이 갖고 있는 어머니의 땀방울을 모른다. 오르지 어머니 것은 내 것이라는 관념이 모두를 힘겹게 하고 있는 것인지, 아니면 남모르는 사연들이 먼지처럼 쌓여 있는지 모르겠다. 그 사이에서 어머니는 마음의 상처도 모자라 온몸이 썩어 누런 고름이 흘러내리는 고통 속에 매일 소리치며 울고 계신다.

손바닥만 한 상처들이 누런 고름이 벗어지면서 살이 차오르기 시작하고, 안으로 좁혀지고 있었다. 어르신은 내가 나타나도 아프다고 했다. 애원하는 눈빛으로 나를 쳐다보며 언제 시작하나 하는 듯이 행동을 주시했다. 어르신의 고통과 비례해서 엉덩이와 대 전자 상처를 남기고 모두 아물었다. 나 또한 어르신에게는 통증학대를 한다는 생각을 수없이 했으나 한편으로는 날마다 나아져 가는 상처에 희열을 느끼기도 했다.

어머니는 상처가 거의 다 아물 때쯤 돌아가셨다. 딸들은 깨끗한 몸으로 가실 수 있게 해 주셔서 감사하다는 말을 수도 없이 했다.

요양원에 들어오시는 날 만난 아들을 어르신 장례식장에서 만났다. 왔다 갔다 하며 손님맞이를 하는 아들은 어머니의 젊은 시절 사진 앞에서 아이고 아이고 하며 입으로 울었다. 어머니는 가시는 날까지 아들을 보고 싶어 했는데, 저 뻔뻔함을 어쩌면 좋을꼬. 밖에는 비가 쏟아진다. 그리움에 혼자 울던 어머니 눈물이련가.

위대한 유산

어릴 적 큰집 우물은 너무 깊어 샘물이 잘 보이지 않았다. 어느 날, 해가 어떤 방향으로 있을 때인지 모르나 아주 깊은 샘물을 본 적이 있다. 검은 색도 아니고 푸른색도 아닌 아주 깊은 물색을 보았다. 지금 어르신의 작은 눈에서 옛날 그 깊은 우물이 보인다.

움직이지 않는 눈빛, 아들은 아버지가 알아보고 계신 것이냐고 묻는다. "어르신 아들이 왔습니다."라고 부르니 작은 눈이 촉촉이 젖어 오른다.

아버지가 울고 계신 것 같다고, 아들을 알아보시는 것 같다고 말하자 손을 잡고 아버지를 부르던 육십이 다된 아들은 복도로 나가 훌쩍거리며 운다. 남아 있는 며느리는 어르신을 쓰다듬으며 운다.

노인성 치매 증상으로 인지가 그때마다 다른 어르신이 오늘은 자애로운 아버지가 되어 아들을 보고 계신다.

그날 큰 아들은 서울에 있는 두 아들(어르신의 손자)을 불렀다. 인지가 돌아오신 아버지께 큰손자 얼굴을 보여주고 싶다고 한다. 보고 싶어 하실 거라고, 밤에 방문을 할 수 있도록 부탁했다.

반듯하게 생긴 손자는 밤에 내려왔다. 그 아버지의 아들이라고, 그들은 사랑을 알고 있었다. 요란스럽지 않게 숨결로 살결로 애틋한 마음을 전하고 격려하고 존중하는 진한 애정을 나누었다. 엉키지 않고 눈밭을 밟으면 뽀드득거리고 들어가는 순순한 발자국을 따라 밟으며 자란 손자가 아니겠는가.

오랜만에 보는 감동적인 관계로 내 마음도 젖고 있었다.

시골에서 농사 지어 큰아들은 대기업 사원으로, 작은 아들은 의사로 키워낸 아버지의 숭고한 희생에 두 형제는 감사하고 있었다. 두 아들은 자주 아버님을 찾아 왔다. 평생을 사셨어도 소고기 한 근도 못 드시고, 막걸리 한잔에 힘을 내며 오로지 일만 하셨다고 한다. 아들은 식사량이 부족한 어르신을 병원으로 모시고 가 주기적으로 영양제 주사를 했다. 입에 맞는 음식을 남자들이 주기적으로 가지고 와서 먹여 드렸다. 이렇게 곰살스러운 아들들은 드문 예다.

서슴없이 아버지를 부르며 대화 하고, 작은 아들보고 큰아들 이름을 불러도 "네 아버지"하며 자연스럽게 받아들인다.

작고 보잘 것 없어 보이는 촌부인 아버지를 존경했다. 흙과 함께 자식들을 위하여 오달지게 살아온 어르신의 삶이 거울이고, 그 사랑에 보답하고 싶은 은혜로움이 존재하고. 그 마음에 미소 짓는 사랑의 굴레가 보기 좋아, 그 가족이 만나는 날은 내 마음도 편안하다.

어르신은 미소가 가득한 인자한 표정과 말씀도 조용하게 하셨다. 손은 갈고리같이 모두 휘어져 볼품없고 바삭 마른 어르신은 유독 몸집이 작았다. 부드러운 성격으로 보살피는 우리들을 불편하게 하지 않았다.

어르신 가족을 보면 믿음이라는 배경음악이 은은하게 흐르는 작은 시골집이 연상된다. 저녁 짓는 연기가 굴뚝으로 모락거리고 밥 짓는 냄새가 달큰하게 번지는 조용하면서도 포근한 집. 둥근 밥상을 마주하고 하루의 수고로움을 격려하고 감사해 하는 그런 가정이 아니었을까.

큰집 우물이 너무 깊어 볼 수 없었던 것처럼, 내 아버지의 사랑도 너무 깊어서 볼 수 없었다. 아버지와 밥상을 마주하면 경직된 팔이 자유롭지 않았다. 왜 그렇게 수저와 밥그릇이 부딪혀 소리가 나는지, 젓가락으로 반찬을 가져오다 떨어뜨리고 쩝쩝 거리는 소리가 내 귀에 들리고, 아무리 조심을 해도 실수를 했다. 그렇게 우리는 아버지를 어려워했다. 어른이 되면서 잔잔한 미소로 우리들을 지키지는 않으셨지만, 그 마음속에 간직하고 있었던 아버지의 깊은 마음을 서로 공유할 수 있었다. 우리들 마음을 다 알고 계셨다는 것을, 그리고 기다려 주고 참아주고, 갈 길을 말없이 열어 주셨다는 것을 알았다. 그래서 우리는 근면하고 반듯하고 정이 많은 유산을 물려받아 무리 없이 살아지고 있는 거다.

3초의 기억

3초의 기억 · 1

만남

나는 요즈음 80세의 할아버지와 사랑에 빠졌다. 80세의 연세에
도 불구하고 꼿꼿한 몸가짐과 순수하고 온화한 마음을 소유한 할
아버지와 커플이 된지 한 달이 되었다. 할아버지는 하루 종일 한
공간에서 생활하는데도 늘 처음 보는 사람처럼 나를 바라본다. 그
리고 깍듯한 말로 부른다. "아주머니"라고.

요양원에 오시기 전에는 아침에 집에서 나와 공원근처를 배회하
셨다고 했다. 늘 가시는 길만을 돌다가 일 끝난 따님을 만나 집으
로 돌아오는 위험하고 아슬아슬한 생활을 하셨다고 한다. 점점 길
을 잃는 횟수가 많아지게 되면서 서로가 만나지 못해 애타는 날도
많아지게 되었다. 할아버지의 변해가는 정신세계를 어떻게 받아

들여야 하는지, 아직은 아버지가 필요한 자식들은 마음의 준비가 되어 있지 않았다. 발을 동동 구르며 안타까워 할 뿐 구체적인 방안을 찾는데 10년의 세월이 무색하게 흘렀다. 70세에 홀로 시작 된 배회하는 발자국만큼 멀어져 갔다. 속세를 떠난 수행자가 무념으로 토굴을 파고 나를 찾아 가는 것 것처럼, 여기 오시기 전 할아버지는 점심도 드시지 않고 홀로 걷고 또 걸으며 가슴에 구멍하나를 파고 계셨던 거다.

요양원에 오시자마자 계속 창밖을 내다보시고 서성거리시며 "문을 열어주세요. 아이들이 나를 찾느라 난리가 났어요. 공원으로 가야 합니다."라고 애절한 눈빛으로 따라 다녔다. 엄마를 찾는 아이와 어디 다르겠는가. 그 순수한 눈이 내 눈을 잡으면 마음이 녹아내린다. 햇살이 없는 음산한 겨울 날씨는 하루 종일 집으로 돌아 가야 하는 저녁시간으로 착각하셨다. 아무리 달래도 3초가 지나면 여전히 같은 말씀이시고 새로운 얼굴을 마주하는 아주머니가 되어 반복되는 나날이 힘겹기만 하다. 그 모습은 가뭄에 말라 누렇게 퇴색되어 가는 옥수수 대와 다르지 않았다. 업어 달랠 수도 없고. 소리지르는 입에 과자를 물리면 푸하고 뱉어 버리고. 좋아한다는 커피도 사방으로 뿌려 버렸다. 창밖을 내다보며 리모컨을 귀에 대고 딸 이름을 부르며 곧 갈 테니 공원에서 기다리라고 하시다가 발을 동동 구르며 보내달라고 애절하게 사정을 하셨다. 마주보고 나도 발을 동동 구를 수밖에 없었다.

어머니를 일찍 여의고 아버님의 보살핌으로 성장한 사남매는 아버지에 대한 애틋한 마음이 희석되지 않았다. 자식과 부모로서, 형제의 사랑도 한 이불속에서 살던 때와 다르지 않아 보였다. 10년 전 경노당에서 함께 계시던 분들이 할아버지 행동이 이상하다고 했단다.

치매 환자의 증상은 함께 생활하지 않으면 처음에는 잘 발견되지 않는다. 치매 증상은 낯설거나 신경을 써야 되는 상황에서는 긴장하여 증상이 잘 나타나지 않기 때문이다. 그리고 가까운 사람들은 사실을 부정하기에 판단이 쉽지 않다. 퇴직 후 함께 즐기던 산악회에서 사람이 변했다고 나오지 말라는 통고에 심각성을 인지하고 그 때서야 병원을 찾았다고 한다.

아들들은 결혼해서 멀리 떨어져 살고, 살던 집에서 딸 도움으로 생활을 하셨다. 할아버지는 딸이 직장에 나가면 홀로 계시면서 서서히 정신 줄이 삭은 고무줄처럼 늘어질 대로 늘어져 버렸던 거다.

어찌해야 할지 젊은 자식들은 잘 몰랐고. 안다고 해도 시설에 대한 부정적인 선입견으로 선뜻 마음이 가지 않게 되었다고 한다.

할아버지는 3초만 기억하는 순순한 아기다. 꼿꼿한 허리와 반듯한 걸음걸이, 말씀도 늘 경어를 쓰시는 모습은 할아버지의 인생을 보는 것 같다. 화장실에서 나오시면서 당신의 슬리퍼를 반듯하게 벗어놓고 실수가 두려워 바로 화장실을 찾으신다. 부딪히는 말씀은 하지 않으신다. 이런 신사분이 어쩌다가 정신 줄을 놓으셨을까.

반듯한 삶을 꾸리려고 혼자 다 끌어안고 사신 것이 아닐까. 세상과 타협하기 어려운 일들을 꽁꽁 가슴에 묶어두고 좋은 사람으로 사시느라 애쓰신 것일까. 할머니를 일찍 보내고 사남매를 홀로 키우며 고독이 머릿속을 갈아먹어 버렸나. 안타까운 일이 어디 한두 가지이겠는가. 밤이면 여자 방이건 상관없이 돌아다니며 쓰레기통을 찾아 소변을 보시고, 가래를 뱉고, 인지가 조금이라도 있는 할머니들의 놀람은 말할 수 없는 충격이었다.

치매어르신은 모두 다른 모습으로 기억을 잃어간다. 그리고 다양한 색깔로 나를 내놓는다. 그 많은 색중에 모두가 함께 공유하고 있는 색은 우울색이다. 그 초점 없는 희미한 눈빛이 어쩌면 가장 깊은 곳에 있는 나를 찾아 쉬고 있는 지도 모른다. 할아버지도 가끔 그렇게 앉아 계신다. 3초의 기억이 아니고 구름을 타고 먼 여행을 하는 사람처럼 그렇게 앉아 계신다. 무아의 세계에서 또 다른 세상을 만들고 계신 것 같다. 문고리 잡고 흔들며 소리를 지른다던가, 밖을 보고 아이들 이름을 부르며 보내달라고 호소를 하지 않을 때는 대부분 가만히 한참을 앉아 계신다.

찬란하게 살아온 시절이 아니고 어려운 시대를 살아오며 젊음을 불살랐던 내 부모님들이다. 이제야 어깨 펴고 밥 먹고 살만한 세상이 되었지 않은가. 하지만 질곡의 삶은 가슴에 핏덩이를 만들었고 그 응어리들이 흘러 다니다 기억으로 가는 길목을 막았으니 어찌하랴. 노래를 기억하시는 분과는 노래를. 공부를 좋아하시는 분과는 천자문을 쓰고. 화투를 좋아하시는 분과는 화투놀이도 하고. 울면 같이 울고 같이 웃으며 막힌 길목을 뚫고 있다. 이 좋은 세월을 조금이라도 더 누릴 수 있도록 살아온 세월을 보상해 드리고 싶다. 할아버지는 요즈음 천자문 공부를 하고 계신다. 하늘 天, 땅 地 라고 읽으시지만 아직은 진도가 나가지 않는다. 공부하시는 동안은 볼펜을 들고 심각한 표정으로 우리들의 아버지 모습으로 앉아 계신다. 그러다 집으로 간다고 시작하면 한없이 보채서 안타깝게 하지만 나는 순수한 할아버지를 사랑한다.

3초의 기억 · 2

안사람을 만나다

  단조롭지만 규칙적인 일과는 습관이 되고 편안한 정서로 안정되어 간다. 할아버지는 일상이 서서히 몸으로 스며들어 안정되어갔다. 일 년쯤 지나면서 남의 방에서 소변보는 일이 당신 방 세면대로 옮겨졌다. 현관 문손잡이를 5번쯤 갈고 나서야 문 꼬리를 잡고 흔들며 발로 차고 소리 지르는 일도 줄어들었다.

  아주머니 호칭은 여전하고 문 열어 달라고 소란을 피우는 대신 "아주머니 여기 커피 5잔 주세요." 라며 내 책상으로 다가와 커피 주문을 한다. "네 알았습니다. 자리에 가 기다리세요."라고 대답하면 "5잔이요."라고 확인을 하고 가신다. 몇 분 있다 다시 시작되는 커피주문을 수없이 반복하신다. 커피 마시는 일이 즐거워지고 함께 마시던 지난날의 기억은 없지만 어딘가에 숨어 있던 체취 같은 것들이 서서히 풀리며 안정기에 들어 와 있다는 것을 느낀다.

아침 식사 후 9시는 커피타임이다. 탁자에 둘러 앉아 각자 보호자가 사온 커피를 마신다. 7~8명이 마주보고 달콤 쌉쌀한 커피를 마시는 모습은 작은 시골다방 같다. 텔레비전은 혼자 떠들고 서로 한 마디씩 던지는 대화는 어디로 튈지 모르는 공 같지만 잘 이어진다.

할아버지도 아침 다방 단골손님이다. 등산을 다니실 때 커피를 잘 사셔서 커피 할아버지로 불리었다는데 그 달콤 쌉쌀한 맛의 기억을 찾아냈다. 함께 어울려 마시는 분위기도 대접하는 기품도, 주문하기 전에 뒤를 돌아보고 앉아 계시는 분들을 헤아리는 배려있는 마음도 살아 있다.

봄이 왔다. 할아버지 마음에 봄바람이 불고 있다. 가장 착하고 예쁜 할머니 옆자리를 차지 하셨다. 옆에 앉아 커피를 함께 마시고 눈길이 머물고. 미소가 번지는 할아버지. 집으로 가야한다는 집착의 고리는 아지랑이가 되어 햇살로 사라지고, 커피를 주문하고 옆자리를 찾아 앉고 바라보고 웃는다.

그 모습은 어색하지 않고 편안하여 지난 삶의 어느 한 자락에 머문 듯이 보인다. 비어있던 외로운 삶의 한 토막을 찾아 할머니를 돌아가신 부인으로 알고 계신 듯이 자연스럽다.

미간에 주름을 세우고 슬픈 눈으로 안절부절 하며 지내던 일상이 편안하고 많이 웃으신다. 바다 속에서 일어난 작은 파동이 엄청난 쓰나미tsunami가 되어 휩쓰는 것 같이 할아버지 집착이 주는 파동은 대단했다. 며칠을 두고 아무리 설명해도 환경을 바꿔 변화를 주어도, 그 어떤 것으로도 되지 않는 집착은 무섭게 화로 달아올라 모두를 지치게 했었다. 그런 할아버지 가슴에 그 분은 고운 꽃씨를 심었다.

예쁘고, 착하고 바른 어르신이며 누구와 함께 대화를 해도 그래 그렇구나. 라고 긍정의 미덕을 품으신 할머니. 늘 웃는 얼굴로 대하시는 분은 할아버지 꽃이다. 환한 보름달 같은 그분도 바른 인지를 갖고 계신 것은 아니다. 일상생활을 하실 뿐이지 기저귀에 대 소변을 보시고 척척한지 알지 못하시는 어르신이다. 몸이 비대해 져서 복도를 걷는 것이 좋다고 하니 습관적으로 복도를 오가신다. 아주 천천히 뒤뚱거리며 벽을 잡아가며 걷는 할머니 뒤에 말없이 따라 다니며 스스로 할머니를 안사람으로 삼았다. 꼭 우리 어머니 아버지 모습같이 자연스럽게 평생을 함께 살아 온 것처럼 생활하신다. 함께 다니다가 내가 쳐다보면, 할머니를 가르치며 안사람이라고 소개한다. 그리고 멋쩍은 듯이 빙그레 웃으신다. 너무 예쁘다.

할머니는 특별히 애틋한 마음의 작용이 일어나는 것 같지는 않다. 할아버지의 구애로 자연스럽게 흘러간 것 같다. 반찬도 나누어 드시고 함께 산책하고 저녁이면 텔레비전 보시는 할머니에게 방으로 가서 자야 한다고 성화를 내시기도 한다. 싫다고 애교 있게 몸을 흔들면 일어서라고 보채기도 하신다. 그때는 영락없는 근엄한 지아비의 모습이다. 말을 듣지 않는 할머니를 향해 기가 막힌다는 듯이 손가락을 한번 흔들고 그 옆에서 뒷짐 지고 일어서기를 기다린다. 그 모습 어색하지 않고, 오래 된 부부같이 자연스러웠다. 그래서 누구도 두 분 사이를 탓하지 않았다.

해가 어설피 넘어갈 무렵, 할머니 방 침대에 나란히 앉아 창밖을 바라보는 모습에 우리는 발소리를 죽였다. 눈부시게 아름다운 세상으로 돌아가 계신 두 분을 누가 방해 하겠는가. 무엇하나 마음의 걸림이 없는 이 순간을 말이다. 밖에는 햇살도 바람도 잠든 저물어 가는 하루다. 떠 있던 먼지도 잠재우는 듯 고요함이 흐르고, 서서히 넘어가는 평화로운 오늘이 두 분의 마음이다. 가장 아름다웠던 그 시절이 언제인지 모르나 지금 두 분은 거기에 머물러 계신 것 같다. 이성은 없고 감성만 흐르는 마음, 고난도 역경도 없는 순수만이 흐르는 고귀한 사랑이 피고 있다.

두 분의 보호자는 자녀들이다. 그 자녀들의 반응이 재미있다. 상대를 바라보는 눈빛이 꼭 상견례자리에 있는 양가 부모 같다. 내 자식의 배필로 마음에 들지 않는다는 표정이다. 할아버지가 자식으로는 채워지지 않았던 그 시절에 서서, 봄바람에 꽃비 내리는 아름다운 시절을 살고 계신지 알지 못한다. 그 덕에 마음의 안정을 찾고 편안해 진 아버님을 만날 수 있다는 생각을 하지 못한다. 지금 안사람으로 칭하는 저 낯선 할머니는 사랑하는 아버지가 마지막으로 만난 선물 같은 행복이고 안식처이다. 그 순수한 할아버지를 우리는 사랑한다.

3초의 기억·3

사명

어린 손녀가 양치를 하고 물을 패하고 뱉으라 하니 푸하고 뱉는 시늉을 한다. 할아버지는 나를 만나고 가시는 동안 이를 닦지 않고 가셨다. 거부가 심하여 칫솔질을 할 수 없다. 15개월 된 손녀도 패하라면 푸하고 물을 뿜어내는데, 할아버지는 꿀떡하고 마셨다. 앞니가 불뚝 한 개 남고 그 옆에 부러진 이와 벌레 먹은 이가 남아 있지만 치과에 가도 협조가 되지 않아 그대로 보고 있어야 했다.

목욕하는 일과 이발하는 일은 커다란 난관이다. 좋아 하시는 커피를 들고 함께 걸어가다가도 목욕탕 가까이 오면 눈치를 채고 돌아 나오시기를 반복하신다. 입구에 오시면 등을 밀어 기다리던 사람은 바지를 적시고, 젖은 옷을 벗어야 한다며 의자에 앉혀 옷을 벗기고 목욕하기까지, 모든 일이 조직적으로 이루어진다. 흥분한 상태를 가라앉히기 위해 목욕 하면서 커피를 마시게 하고 노래를 부르기도 하고, 아이들이 온다고 예쁘게 하고 나가자고 하며 몇 명이 수고를 해야만 한다. 목욕하다 벌떡 일어나 의자를 던지려 하고, 그 긴 손과 발로 얻어맞는 일은 보통 있는 일이다. 참으로 고마운 일은 요양보호사 선생님들이 그럴 때마다 웃으며 잘 넘긴다는 것이 천직이라는 생각을 하게 된다. 그렇게 목욕을 하신 할아버지는 그 기억은 잊어버리고, 새 옷을 입고 머리를 말려 드리면 개운해서 좋다고 하신다.

치매 어르신하고 생활하며 가장 어려운 일은 기본적인 일을 잊고 산다는 거다. 때가 되면 밥을 먹고. 이를 닦고. 화장실을 가고. 밤이면 잠을 자는 일이 되지 않는다는 일이다. 다행이도 할아버지는 식사를 잘 하신다. 치아가 없어 저작에 어려움은 있지만 다진 반찬으로 식사는 공손하게 잘 하셨다. 밥풀하나 흘리지 않고 앞 지락에 국물도 흘리지 않았다. 모두가 그런 것은 아니다. 성품에 따라 식사보조도 다르다. 몇 수저 드시다 멍하게 계시면 먹여 드리는 분도 있고. 싱겁다고 화를 내기도 하고, 밥만 드시는 분, 반찬만 드시는 분, 간섭한다고 소리 지르시는 분, 심할 때는 안 드신다고 내 던지기도 한다. 그래도 선생님들은 어르신들을 달래며 식사 보조를 한다. 아들이, 딸이 사온 음식이고, 돈을 낸 것이고, 기운내서 집에 가는 버스 타러 가자고 어르신들께 한 수저라도 더 드리려고 노력한다.

약 드시지 않는 것이 난관이다. 수저로 입에 넣어 드리고 물을 드리면 컵 속에 약이 고스란히 나와 있기도 한다. 빻아서 물에 타 드리면 광목 빨래에 어머니가 풀물 먹이듯이 내 얼굴에 약 풀무를 하시기도 한다. 밥에 섞어 드리면 쓴 맛에 밥을 두적거리며 이리저리 굴리시고. 끝에는 달달한 물약에 타서 주스라고 하니 달게 드셨다. 표현이 되지 않는 어르신에게는 무한한 관심으로. 어르신이 원하는 것이 무엇인지 알기까지, 그분이 갖고 계신 미로 같은 심기를 찾아야 했다.

약에 맹신을 갖고 사는 어르신도 계신다. 약을 많이 먹어야 건강하게 살 수 있다는 착각에 늘 약을 세어본다. 인지가 조금이라도 있는 어르신은 쉬운 말로 설명하면 이해가 가능하기도 하다. 어르신들이 잘 모를 것이라고 설명 없이 행동하면 큰 오해와 불신이 생기게 된다. 심리적인 위안으로 인정해 주고, 자존감을 잃지 않게 해 드려야 한다.

아침마다 출근하면 손을 번쩍 들어 인사한다. 이름도 누구인지도 모르지만 할아버지 기억 속에 나는 좋은 사람라고 저장되어 있다.

다가가서 손바닥을 힘차게 부딪치면 "하이"하며 파안대소破顔大笑하신다. 집에 가야 한다는 사실을 잊었다. 하지만 시간이 흐름에 따라 그나마 남아 있는 습관들, 기억들을 서서히 잃어가고 계신다.

두 아들 이름을 주문처럼 '길동이 호동이'를 반복하여 중얼거리신다. 외출 나가 식사하실 때도, 옆에 아들이 함께 있어도 계속 중얼거린다고 한다. 그리움의 표출은 아들 모습을 잃어버린다 해도 그렇게 남아 있었다. 주무실 때도 깊이 잠들기 전까지 계속 중얼거린다. 그것이 아들 이름인지도 모르고, 아니 중얼거리고 있는 지도 모르고 계신다. 가래가 많아 여기저기 뱉어서 선생님들이 찾아다니며 닦는 일도 만만하지 않았다. 어느 날 부터는 그르렁 거릴 뿐 뱉는 것을 잊어 버렸다. 화장지를 대고 뱉는 흉내를 내며 시범을 보이면 내 모양이 웃기는지 빙긋이 웃을 뿐이다.

나는 가끔 스스로를 진단해 본다. 내 부모님 모실 때는 어떤 마음이었나. 지금 조건 없이 온 마음을 다하고 있는 나의 모습에 스스로 놀란다. 시부모님과 친정 부모님을 모시면서 내 마음이 지금 같이 순수하지 않았다. 둘째 며느리인 내가 왜. 아들도 많은데 딸인 내가 왜 라며 주변에서 내 감정을 어지럽게 했다. 부모님을 수발하며 순간순간 솟구치던 감정들이 나를 시험에 들게 했고 몸이 녹아

드는 피로감에 허덕거리기도 했다. 이해관계가 가져오는 수만 갈래 갈등의 열쇠는 내안에서 찾아야만 한다. 스스로 자기합리화로 나를 안정시키다 보니 그렇게 내 마음은 훈련되어 갔다. 그리고 누구의 아버지도 어머니도 아닌 나만의 아버지이고 나만의 어머니로 가슴에 새겨지게 되었다. 그래야만 내가 행복하고 피로하지 않고, 마음을 다해 사랑할 수 있었다.

지금 어르신들과 즐겁게 생활할 수 있는 것은 이해관계가 삽입되지 않은 순수한 마음일 거다. 집을 떠나 온 외로운 어르신들이 가시는 날까지 작은 행복이라도 누리고 갔으면 하는 바램이다. 식사 때마다, 침상에 계시는 어르신들을 안고 등을 두드리며 혈액순환 시키고 마음을 전하고, 휠체어에 옮기는 요양보호사 선생님들이 존경스럽다. 한 수저라고 더 드리려고 애쓰는 선생님들에게 감사한다. 프로그램을 함께하며 어르신들과 춤추고 노래 부르는 선생님들에게 박수를 보낸다. 요양보호사 선생님들과 환상의 한패가 되어 있는 인연에 행복하다. 그래서 우리는 서로에게 용기도 주고 칭찬도 하고 감시자가 되기도 한다. 그래야 우리 스스로 대견하니까.

3초의 기억 · 4

작은 사회

창밖에 바람이 분다. 바람은 세월을 끌고 간다. 바람은 봄을 만들고, 태양이 이글거리는 여름을 만들고, 낙엽이 아름다운 가을을 지나 눈이 펑펑 내리는 겨울을 만든다. 그 굴레를 느끼지 못하고 창밖으로 구경만 해야 한다면 얼마나 지루한 삶인가. 손으로 만질 수 없는 그림 같은 세월을 살고 있는 것이 이곳 생활이다.

할아버지는 안사람이 생긴 이후로 실내 생활에 익숙해져 있다. 아침에 일어나면 세면대에서 세수하시고, 세면대에다 소변도 보신다. 생활실에 앉아 텔레비전에서 나오는 노래도 따라 하시고 할머니와 산책도 하신다. 커피도 마시고 프로그램에 참석하여 그림도 그리고 노래도 하고 만들기도 하신다. 일주일에 두 번 물리치료시간이 있는데, 할아버지는 누구의 지시로, 원하지 않을 때, 어떤 행동도 취하지 않으셔서 물리치료를 하지 못하신다.

하루는 뒷문으로 나가는 문을 열고 쓰레기 분리작업 하는 선생님이 등을 등지고 있는 사이 계단으로 나가셨다. 큰길로 나가서 시내 쪽으로 걸어가는 것을 지나가는 사람이 신고하여 모시고 왔다. 정말 순간이었다. 분리작업이 끝나지 않은 짧은 시간이고 우리도 안 계신지 파악이 되지 않는 시간에 할아버지는 큰길까지 나가신 거다. 이렇게 가슴 쓸어내리는 일이 순간순간 일어난다.

전혀 움직이지 못하시는 분이 밤에 벌떡 일어나 화장실 간다고 침상에서 내려 와 고관절골절이 된다거나, 식사하시다가 음식물이 기도에 걸려 얼굴이 새파랗게 변하여 숨을 쉬지 못하는 응급상황은 늘 긴장하게 한다. 다행이 할아버지는 식사는 공손하게 천천히 잘 하시며 보행도 아주 천천히 조심스럽게 하신다.

다른 어르신들에 비하여 자식들이 자주 찾아와 밖으로 나가는 일이 많은 편이다. 자식들은 한 달에 2번 이상 온 가족이 다 와서 소풍을 즐기듯이 몇 시간을 보낸다. 날이 좋으면 정원에서 즐기기도 하고, 개방해 놓은 식당에서 여유롭게 가져온 음식을 함께 먹으며 편안하게 머물다 간다. 때로는 밖으로 모시고 나가 바람을 쏘이기도 하고, 집안 어른들을 모시고 함께 식사도 하는 우애 좋은 모습이다. 그래서 할아버지는 가장 많은 외출을 하신다. 무엇을 드셨는지 누구와 함께 있었는지 헤어지는 순간 다 잊는다. 하지만 무엇인가 다른 일이 있었다는 기분은 살아 있는 듯이 서성거리기도 한다.

외출을 하거나 보호자가 왔다 가면 어르신마다 반응이 다르다. 한동안 안정기에 드는 사람도 있고, 어떤 사람은 더 들떠 일상에서 벗어난 행동으로 힘들어 하는 일이 있다. 가족이 올 때쯤 오시지 않으면 병이 나는 분도 계신다. 주변에 대한 시샘과 부러움도 만만하지 않다. 집에 대한 그리움이 살아나 원망과 한스러움으로 슬퍼하는 어르신은 달랜다고 달래지겠는가. 선생님들이 아무리 잘 해준다고 자식에 대한 그리움이 사라지겠는가. 평생을 짝사랑만으로도 행복했던 우리 부모님들이 지금은 너무 외로운 기다림이다.

할아버지는 생활실에 매일 나오시는 어르신들과 친분을 맺고 계신다. 안사람이 되신 할머니와 그 외에 어르신들은 할아버지를 '저 어른'이라고 칭했다. 정확하지 않은 인지 때문에 돌출행동으로 가끔 소란도 있지만 한 식구가 되어 생활한다. 할아버지는 그분들 커피를 매일 우리에게 주문한다. 같이 프로그램 참석하고 같이 나누어 드시지만 할머니가 물리치료 가시면 승강기 앞에서 안절부절하며 기다린다.

요양원생활은 어떤 치료보다 중요한 약이 웃음이라고 생각한다. 웃는 얼굴과 관심으로 알아주어야 한다. 아픔도 알아주고 사회에서 어떤 모습으로 살았는가도 알아주고, 말도 안 되는 투정도 알아 줘야 한다. 정지되어 있는 뇌에 영양을 주는 말을 걸고, 어리광도 부리며 함께 웃고, 손을 잡고 춤을 추어 즐거운 리듬을 새겨 드려야 한다. 살과 살을 접하여 따뜻함을 전하며 살아 있음을 인식하게 하는 것이 중요하다. 어색하던 마음이 서서히 풀리며 자연스럽게 다가오는 모습을 보게 된다. 그리고 믿음과 신뢰로 묶이면서 정이 들고, 애틋해 지는 감정이 생겨 가족 같은 연으로 묶이게 된다.

흐르는 구름을 바라보며 하염없이 기다리는 시간이지만 또한 사람과 어울려 살아가는 세상이기도 하다. 보고 싶은 사람들과 자주 보고 바람이라도 쏘이면 더 없이 좋을 테지만 그렇지 못하다. 아무리 잘 해 주어도 채워지지 않는 이곳의 밤하늘에는 늘 자식들 얼굴이 있다는 것을 우리는 알고 있는가.

창밖은 늘 그리운 곳이다. 맑은 하늘에 구름이 흘러가고 비도 내리고 눈도 내리지만 모든 세상이 유리창 너머다. 바쁜 일상도 아니고 해야 할 일이 있는 것도 아니다. 하지만 세끼의 식사와 간식을 함께 한다. 매일 있는 프로그램에서 노래하고, 서로 어울려 웃고 부대끼며 위로하고 정을 나누며 살고 있다.

이곳도 삶이라는 이름으로 피어난다.

3초의 기억 · 5

사그라지는 불씨

몸이 흔들린다. 빛을 잃은 눈은 초점을 맞추지 못한다. 두 손 잡고 마주보며 아프냐고 물어보니 고개를 옆으로 흔든다. 말을 걸면 빙긋 웃던 모습은 없다. 자리에 뉘었다. 천천히 침상으로 오르며 이불을 목까지 올린다. 중얼거리던 소리도 없이 반쯤 감은 눈으로 허공을 바라본다. 너무나 말라 미라를 연상케 하는 어르신의 모습에 슬픔이 목까지 차올라 얼굴을 어루만지며 자리를 뜨지 못했다.

요즈음 들어 며칠 동안 실수를 했다고 한다. 화장실에도 침상에도 대소변 처리가 되지 않는다고 한다. 모든 것이 반듯해야 하고 깨끗해야 하는 것이 습관이 된 어르신이다. 실수하고 척척하니까 손으로 닦아서 벽에다 노란 유화그림을 그린 거다. 열도 나지 않고,

기침이나 콧물도 없고, 통증 호소도 없어 치매 증상이 한층 심해진 것 같다고 생각했다. 그러나 침상에 계시는 일이 많고 걸음걸이가 원만하지 않아 병원에 모시고 갔다. 아픈 것도 표현하지 못하는 갓난아이가 되어 버린 할아버지. 칭얼거리며 보챌 수 있는 힘이라도 있었으면 이렇게 마음이 아프지는 않을 것 같다.

아까운 날이다. 잃어가는 모든 것들이 안타깝다. 함께 살던 딸 이름을 부르며 문을 발로 차고, 애절하게 호소하던 어르신은 없다. 목욕할 때마다 선생님들에게 물을 뿌리고 일어나 발길질을 하시며 화를 내시는 일도, 커피 드신 것을 잊으시고 반복적으로 커피를 달라고 하시는 일도 없다.

그래도 조금은 남아 있을 것 같은 옛 기억을 이야기 하면 빙긋 웃으신다. 정말로 기억을 하시는지 모르지만, 말하는 나에게 대한 최소한의 배려라고 생각하시는 것 같다. 늘 겸손하여 남의 이야기에 응대해야 한다는 몸에 밴 배려의 습관. 식사를 하시면서 반찬을 올려드리면 같이 먹자고 수저로 아니면 손짓으로 표현하시는 어르신. 간식을 드리면 고맙다는 말씀이나 거수경례로 표하는 것도 잊지 않으셨다. 신발을 침상 속에 간직하는 것도, 리모컨을 주머니에 간직하는 것도 잊지 않으셨다. 남아 있는 기억들이, 몸에 익힌 습관들이 고마울 뿐이었는데 이렇게 감기몸살로 그것도 잃어가고 있다.

검사결과 담배를 너무 많이 피워 폐에 농으로 채워져 있다고 사진을 보여 주며 설명했다. 친절하고 예의 있는 의사선생님을 믿고 입원했다. 폐에서 농을 배출시키고 치료가 순조롭게 진행되는 듯이 보였는데. 열이 나고 경과가 좋지 않자 의사선생님이 여기까지가 한계라고 했단다. 아들들은 구급차를 타고 서울 병원 응급실로 갔다. 그 후로 할아버지 소식을 전화로만 듣게 되었다. 호흡이 어렵게 되고 기관지 삽관을 하여 호흡을 하게 되었다고 한다. 당연히 그런 관정을 거칠 것이라는 것을 예상했다. 하지만 희망을 안고 서울로 간다는 아들에게 미리 어떤 상황이 일어날 것인지 설명 할 수 없는 없다. 아들의 바람대로 할아버지는 살아나셨다. 살아나신 할아버지는 가까이 있는 서울 근처 요양병원으로 모셨단다.

경관튜브로 식사를 하고, 기관지절개관을 통해 호흡을 하고, 소변 줄을 하시고 그것들을 유지하기 위해 손이 묶여 있는 삶. 구속을 못 참는 할아버지께서 감당해야 하는 답답한 고통. 그것을 바라보는 효자아들이 불쌍해서 어쩌면 좋을까. 면회를 하고 나오면서 살아계셔서 좋은 마음이기도 하고 그 모습이 안타깝기도 한 쓸쓸한 마음을 전화로 전해왔다. 할아버지가 알아보느냐고 물으니 바라보고 웃더란다.

청주에서 의사선생님이 손을 놓았을 때 그냥 보내드렸으면 아들은 평생 후회하며 살았을 거다. 최선을 다하지 못한 자신을 탓하며 말이다. 서울로 모시고 가서 의료기술을 동원해서 아버지는 생명을 연장했다. 그 모습을 보는 아들 마음 또한 후회를 하고 있을 거라는 생각을 한다.

할아버지 부고를 받았을 때, 나는 눈병이 걸려 있었다. 병원 검사실에서 강한 거부로 팔을 붙들고 있는 내 얼굴에 침을 뱉으셨는데 눈에 많이 들어갔다. 할아버지는 유독 가래가 많은 분으로, 폐에 농이 차서 돌아가신 분이다. 그 후로 나는 눈병으로 오래도록 고생했다. 할아버지가 가시고도 한참이 지난 지금도 개운하지 않게 남아 있다. 유달리 가깝게 공을 들인 나에게 잊지 말라고 주신 징표라고 하면 억측이겠지만 그런 생각이 든다.

내 마음을 이기고 산다는 것은 내 스스로는 무엇인가를 잃고 산다고 할 수 있다. 기억을 잃을 만큼 힘겨운 삶. 감당하기 힘든 무게가 있는지, 자신도 모르는 희생의 삶을 사시는 분들을 보게 된다. 어머니께서 기억된 모든 것들을 하나하나 지워나갈 때 어머니의 삶을 되짚어 보았었다. 어르신이 잃어가는 기억 속에서도, 몸에 밴 배려의 습성을 보며 같은 생각을 하게 되었다. 우리가 산다는 것이 정답은 없겠지만 승화시킬 수 있는 지혜를 배우며 살아야 하지 않겠는가. 적어도 내 자신을 위한 삶의 공간은 마련해야 한다고 말이다.

우리들의 부모님으로 살아오신 할아버지의 훌륭한 삶을 존경한다.

길

길

·

은혜방

·

믿음

·

사전연명의료의향서

·

회생

길

　해돋이를 보기 위해 속리산 상고암에서 하루를 유하고, 한 치 앞
도 보이지 않는 어둠속으로 길을 찾아 떠났다. 앞사람이 눈 속에 찍
어 놓은 발자국을 손전등으로 비추면, 내 발을 그 발자국 속에 옮겨
넣으며 눈길에 미끄러질까 긴장된 마음은 고개를 들 수가 없다.

　앞 사람의 발자국이 이렇게 소중할 수가 있나. 칠흑 같은 어둠속
에 작은 손전등은 그 발자국을 차곡차곡 찾아 주었다. 마음의 여유
가 생기면서 허리를 펴고 앞을 보는 순간, 하늘의 별들이 내려와 길
을 밝히고 있다. 그 별빛은 하늘로 이어지고 있었다. 놀라운 광경에
환호성을 질렀다. 이런 행운이 있나. 머리에 손에 별빛을 하나씩 들
고 어둠을 스스로 밝히는 별빛 속에 내가 있다는 사실이 감동이다.

　별빛이 만들어 놓은 무리 속에서 이탈하면 다음별이 길을 잃을

까 하늘로 오르는 길을 열심히 걸었다.

정상에 오르니 목탁소리가 맑은 공기를 울린다. 여스님 한 분이 목탁을 치며 해돋이 보러 온 우리를 맞아 준다. 바위에 앉아 내려다보니 천하가 내 것인 양 가슴이 벅차다. 추위와 어둠을 이겨낸 내가 자랑스러워 그냥 목탁소리 들으며 머물고 싶어진다. 머물고 싶다고 머물러지는 인생이던가. 다시 내려가야 하는 것이 내 길인 것을.

바위에 앉아 올라오는 사람들을 바라본다. 기쁨에 찬 모습들에서, 떠오르는 새해를 맞이하여 내일로 가는 길을 열어 보고자 하는 희망을 본다. 어둠과 추위를 헤치고 올라 왔는데 잠시 머물다가는 이 아름다운 정상은 내려가는 길만이 기다리고 있다는 것을 오를 때는 생각하지 않는다. 발자국을 따라 어둠을 걷는 동안 나도 그랬다.

내가 근무하는 요양원에서 며칠 전 어르신 한 분이 세상을 떠났다. 그 어르신도 어둠속에서 헤매고 희망의 불빛도 만나고 햇살 같은 기쁨의 길을 걸어 온 분이다.

눈길에 미끄러지는 두려움을 작은 회전등 불빛이 발걸음을 옮기게 해 주었다. 살아가는 동안, 순간순간 별빛을 보며 아름다움을 발견하고. 음악을 불러들여 나를 일으켜 세우며 굴곡진 인생은 살아진다.

어르신도 그렇게 90년 인생을 사시느라 수고하셨다. 가시는 길은 너무나 볼품없는 모습이 되어 황량한 인생길을 돌아보게 한다.

내가 근무하는 곳은 죽음으로 가는 정거장 같은 곳이다. 다양한 모습으로 어르신들이 살고 계신다. 어르신들의 마지막을 사람답게 살고 가시도록, 덜 지루하게 해 드리기 위한 일을 한다.

간호사 생활을 하며 많은 주검을 보았지만 요양원에서 보는 죽음이라는 길은 좀 다르다. 어르신들이 죽음에 이르는 길은 끝이 보이지 않는 긴 터널 속 같아서이다. 나도 가끔은 어두운 길을 걷는 기분에 우울해 지기도 한다.

나는 어르신들이 긴 꿈을 꾸고 있다고 말한다. 꿈속에서 사랑했던 사람들도 만나고 기억 속을 더듬으며 행복했던 시절로 돌아가 살고 계실 거라고. 그렇지 않으면 내 마음이 너무 아프다.

때로는 이승과 저승을 오락가락 하는 것같이 혼미하게 흔들리는 순간들이 여행길이라고 생각한다. 죽어가는 길 위에서 마냥 기다리기만 하는 어르신들이 애처로워 귓전에 대고 말해주기도 한다. 가장 아름다운 시절로 떠나보시라고.

요양원 일을 시작할 때는 그렇게 깊게 공감하지 못했던 죽음이라는 길이다. 언젠가는 가야 하는 죽음이라는 것이 두려워 진 이유는, 가는 길이 너무 길고 외롭기 때문이다. 힘겨운 어르신을 보고 있으면 두려울 때도 있다. 나는 어떤 모습으로 이 길을 갈 것인가 하는 생각에 잠기면, 내 삶이 스스로 경건해 진다.

보일 듯 보이지 않는 고통을 수반한 길을 가는 어르신들도 계신다. 저녁만 되면 고열에 식은땀으로 옷을 적시며 흔들리는 분. 날마다 상처치료로 말도 안 되는 통증을 감내해야 하는 분, 온갖 생명연장 줄에 의지하여 먹고 숨 쉬고 배설을 해야 하는 분이 내 손길을 기다린다. 도대체 누가 이 줄을 붙들고 있는 것일까. 나도 모르게 '이 고통이 끝나게 도와주세요.' 라는 기도문 같은 것을 중얼거리는 습관이 생겼다.

그렇게 누워 계시는 그 분들이 내 감정을 듣고, 따뜻한 손길을 느끼며 어떤 모습으로 표현을 할 때가 있다. 그 미묘한 변화를 발견하는 기쁨은 천황봉을 오를 때 보았던 불빛을 만나는 것 같다. 그럴 때는, 편안하기만을 바라며 놓았던 희망의 끈을 다시 잡게 되기도 한다.

가는 날만 기다리는 어르신을 의미 없는 삶이라고 말한다. 그렇지 않다. 그 명이 다를 뿐이고. 가는 길이 다를 뿐이다. 천황봉에서 내려가는 길이 한 길이 아닌 거와 같다. 내려가는 길은 내가 선택할 수 있지만, 운명의 길은 누가 그 길을 선택하겠는가.

나이 먹는 것이 무슨 유세인양 해마다 해맞이를 하러 산에 오르면서 오르는 만큼 나도 그 길로 가고 있는 거다.

동쪽 하늘이 밝아 오고 있다, 찬란함 속에 목탁소리는 여전히 맑은 공기를 울린다. 함성과 축배가 산을 흔든다. 절묘한 상관관계다. 그런데 두 소리 모두가 잘 들린다. 목탁소리는 들떠있는 마음의 길을 잡아끈다. 떠들고 웃고 새해를 축하하는 사람들이 잠시 귀를 기울이며 바라본다. 누구도 그 소리를 무시하지 않는다. 달뜬 마음으로 경중거리며 살아 온 내가, 죽음으로 가는 어르신들과 생활하면서 많은 사연들이 내 마음을 울린다. 그 사연들이 목탁소리같이 내 마음을 잠재운다.

인생은 흘러가는 것이 아니라 채워지는 것이라고 했다. 수많은 날들을 살아오며, 그 하루하루를 무던히도 애쓰고 고뇌하는 순간들로 차곡차곡 채웠다. 그 사이에 가슴 울리는 행복이 있었기에 살아진 인생이다. 그 시절의 기억은 가슴깊이 기억되어 있다. 길 끝에 서 있는 어르신들이, 긴 세월동안 채워진 것들을 흔적도 없이 허물고 계시는 과정을 보고 있다.

비록 그렇다 하더라도 인생을 복기해 보았을 때 아름다운 생으로 기억되어야 하지 않겠는가. 그래서 가는 길에 하나씩 허물어 가는 그 모든 것들이, 최선을 다한 한수 한수인 삶이길 바라는 마음이다. 오늘 나는 그렇게 살아지기를 기도한다.

은혜 방

　죽음으로 가는 길이 점점 무섭고 외롭게 다가온다. 임종 실이라는 독방에서 홀로 죽음을 기다리는 어르신들을 간호하며 느끼는 감정이다.

　인간은 수많은 인연과 관계를 맺으며 산다. 마지막 가는 길에는, 숨이 넘어 가는 변화를 알기 위해 들락거리는 간호사가 안식처가 되고, 살을 맞대며 케어를 해준 사람들이 주는 따뜻한 마음으로 위안을 받는다. 임종실 방 이름은 세상에 은혜를 입고 가는 방이라고 하여 은혜 방이다. 평상시는 비어 있다. 중환자실마냥 오셨다가 좋아지셔서 친구들이 있는 방으로 돌아가시기도 하지만. 대부분은 그렇지 않다. 그렇게 잠시 머물다 가는 그 방에 요즈음 연이어 주인이 바뀌고 있다.

며칠 전에 가신 분은, 말기 암 진단을 받은 어르신으로 시한부 선고 1개월 받고 요양원으로 오셨다. 뱃속에 바위덩어리 같은 암 덩어리는 어르신이 이기기에는 너무나 벅찬 상대다. 그것들이 치받아 식사 때마다 헉헉 거리며 호흡을 몰아쉬고 소변색은 붉은 선홍색으로, 망가지고 있는 몸 상태를 여실히 보여줬다. 너무 아파 갈 때가 된 것 같다고, 이렇게 아플 수는 없는 거라고 하시지만, 어르신은 죽음에 대해 그렇게 수용적이지 않았다.

어르신은 정신력으로 잘 버티는 듯이 보였다. 하지만 식사시간에 호흡이 되지 않아 입술색이 새파랗게 변하면서 은혜 방으로 전실 되었다. 인지가 분명한 어르신은 두려움에 불안정한 모습으로 두리번거리셨지만 왜 이곳으로 데려왔는지 직접 물어보지 않았다. 다만 나만 혼자 있느냐고, 비어 있는 옆 침대에 누가 오느냐고, 우리 보고 같이 자자고 했다. 어르신들은 같은 방에 누워 계시면서 말씀은 하지 않지만 서로 위로하며 든든함을 느끼시며 사신다고 한다. 어느 날 홀연히 홀로 있게 되는 기분을 그냥 '나빠'라고 표현하신다. 그 나쁜 기분을 나아지게 하나님 말씀을 틀어 드리고, 찬송가를 은은하게 흐르게 하여 편안하고 고독하지 않은 분위기를 만들어 드린다.

침상머리를 올려라 내려라 반복하시며 답답증에 이불을 덮어라

치워라, 다리에 베개를 넣어라 빼라고 하시며, 어떻게 해도 편하지 않은 작고 마른 몸을 바글바글 태우셨다.

커다란 부채로 가슴을 탁탁 치며 답답증을 날려 보내려 하지만, 그도 한두 번으로 그치고 만다.

단단한 암 덩어리 때문에 숨이 목까지 차올라 간신히 들이 쉰 들 숨을 몸을 흔들어 '후 후' 하며 내 뿜으며 "왜 이리 답답한지 모르것다."라며 괴로워 하셨다.

끝나지 않은 생에 대한 애착이 통증을 물리칠 것처럼. 새파랗게 변해가는 혀를 길게 빼고 그 위에 죽을 떠 넣는다. 몸 안의 산소가 턱없이 부족하여 헉헉거리며 삼키시는 모습은 너무나 처절하여 가슴이 저며 왔다. "그만 드실까요." 하고 물으면, "아직 남았다"며 바닥을 보고 나서야 "그만 됐다"라며 상을 물리게 했다. 그 상황에서도 이를 닦고 틀니를 빼서 손수 닦아 끼시고, 약을 달래서 드셨다.

손가락에 끼워져 있는 산소포화도 검사하는 기구를 빼지 말라고 하셨다. 혈압 체크하느라 팔에 두른 거프를 풀지 말라고 하셨다. 산소호흡기 줄이 비뚤어질까 손으로 바르게 꽂으시기도 했다. 그것들이 유일한 위안인 어르신은 누구와도 함께 할 수 없는 외롭고 무섭고 힘겨운 싸움에 지쳐가고 있었다. 맥이 잘 잡히지 않아 두세 번 재면, 왜 그러냐고, 뭐가 이상하냐고 물었다.

선명한 총기가 이렇게 안타까울 수가 있을까. 죽음이라는 공포감에 흔들리는 눈을 마주치지 못하고 멀찍이서 훔쳐 본 다음 가까이 갔다. 자신이 죽어가고 있다는 사실을 느끼고 있는 두려운 눈을 마주 할 용기가 없다.

수치를 확인하고 한 번씩 끌어안아 보기도 하고 단단하게 부풀어 오른 배를 문질러 드리기도 한다. 탱탱하게 부어오른 다리와 발을 조금 옮겨 드리며 편안하냐고 물어보기도 한다. 때로는 어르신께 수치를 알려드리며 잠시나마 안심을 시키기도 한다. 정상이라고 하면, 순간 안도의 숨을 느낄 수 있다는 것이 오히려 나에게 위로가 되었다.

깊게 몰아쉬는 숨은 느려지고, 죽음의 그림자는 서서히 어머니를 향해 오는 날 저녁에 내일 만나자고 인사하고 퇴근했다.

사려 깊고 똑똑한 어르신은 수고했다고 고마웠다고 가서 자고 오라고 하셨다. 그날 밤에 우리 요양보호사 선생님에게도 너무 잘 해줘서 고마웠다고 수고했다고 말씀하시고 돌아가셨다 한다.

비어있던 은혜 방주인은 세 번이나 바뀌었다. 하룻밤만 주무시고 가신 어르신은 밤새 가족들이 와서 함께 했다고 한다.

내가 모시는 분 중에 가장 안타까운 분이었다. 불분명한 고열에 시달리며. 매일 땀에 흠뻑 젖고 바삭 마른 창백한 얼굴과 갈라진

입술과 감긴 눈. 보는 것만으로 내 가슴이 젖는 분이었다. 가시기전 두 달 정도는 대단한 설사로 요양보호사선생님들이 하루에도 몇 번씩 반 목욕을 시켜야 했다. 약을 처방해 드려도 나아지지 않는 설사는 그냥 노란 물감을 쏟아내고 있었다.

말은 하지 못하지만 부서지고 있는 육신의 고통을 온 몸으로 표현했다. 제발 편하게 도와 주세요라며, 어르신이 가지고 계신 종교가 무엇인지 모르지만, 우리 모두는 안타까움을 기도로 표현했다. 땀으로 늘 젖어 있는 머리를 수건으로 닦아 드리면 흔들리는 머리가 귀찮은지 찡그리고 실눈을 뜨고 바라보기도 했다. 눈이 마주쳤나 하고 반가워 웃으면 알고 웃는 것인지 몰라도 히잉하며 웃어주기도 하던 분이, 내가 없는 사이에 인사도 없이 가셨다. 다행이도 가족모두가 와서 가시는 날 밤을 보냈다고 한다.

두 분 다 통증에 몸서리 치셨던 어르신들이다. 통증에 시달리지 않는 세상으로 가셨다. 한분은 가시는 시간까지 깨어 계셨고, 한분은 통증으로 기력을 잃은 분이다.

죽어간다는 사실을 안다는 것이 얼마나 두렵고 무섭겠는가. 여기서 돌아가시는 분들 대부분은 천수를 누리고 가시는 분들이지만 그들이 갖는 삶에 대한 애착은 생각보다 크다. 말로는 빨리 가야지 라는 말을 입에 달고 계시지만 그렇지 않기 때문이다.

그런데 그렇지 않은 분이 계셨다. 세분 중에 제일 먼저 은혜 방을 찾은 어르신은 스스로 곡기를 끊은 분이다. 입을 앙 물고 식사를 거부하여 애를 많이 태웠다. 은혜 방으로 옮겨 오시면서 코 줄을 넣어 영양을 공급해야 한다고 아사시킬 수는 없다고 했지만, 어르신의 의견을 존중해서 편안하게 보내드리기로 했다.

은혜 방으로 옮겨오면 가족들이 마지막 인사를 위해 방문이 잦아진다. 무슨 일인지 주 보호자인 딸이 오지 않는다. 그 대신 잘 오지 않던 아들이 찾아왔다. 애틋한 모습은 어디에도 없는 겸연적은 모습으로 침상 옆에 잠깐 앉았다 돌아갔다. 몸 안에 산소를 유지하기 위해 호흡이 45까지 올라가면서도 며칠을 버티는 어르신. 기다리는 사람이 있어 숨을 놓지 않는다고 생각했다. 독실한 천주교 신자인 어르신은 그렇게 헉헉거리면서도 얼굴 표정은 평상시보다 예쁘고 편안해 모습이었다. 다 놓아버린 어르신이 가는 길은 무섭고 외로운 길이 아닌 것 같다.

가실 때 모습이 유달리 편안하고 고운 어르신이 계신다. 좋은 꿈을 꾸는 듯이 그렇게 세상을 떠나면 나도 마음이 편안하다.

곡기를 끊고 가신 어르신은, 함께 생활하던 사람 중에 가장 고통스러워하는 두 분을 뽑아 친구삼아 가셨다. 요양원이라는 곳이 죽지 않으면 나갈 수 없는 곳이라고 말한다. 그 말은 되돌려 생각하

면 살 만큼 살았다는 증거도 된다. 살 만큼 살았으니 욕심 다 내려
놓고, 이 안에서 우리끼리 살아내야 하는 법을 터득해야 할 것 같
다. 인연의 끈을 서서히 놓아주고 정을 세월에 희석시키면서, 요양
원이라는 곳에서 애지중지 하는 사람들의 보살핌을 받으며 사는
노년도 서럽지만은 않게 말이다. 그래서 죽으러 왔다는 굴레에서
해방하고 새로운 인생길을 가고 있다는 생각을 갖고 사실 수 있으
면 좋겠다. 그리고 잘 살다 간다고 인사하며 헤어지면 좋겠다.

믿음

동장군이 꽉 쥐고 있던 추운 날을 풀어 주었다. 꽁꽁 얼었던 마당의 수돗물이 풀렸으니 말이다. 담장 페인트가 한겨울의 한파를 이기지 못하고 떨어져 내리고. 나뭇잎과 잡다한 먼지들. 거기에 언제 쳐 놓았는지 거미줄까지. 보이지 않는 음습한 곳에 웅크리고 잘도 숨어 있다. 수돗물을 틀어 장독대를 씻어내고 마당을 쓸어냈다. 구석구석에 몰려있는 게으름들을 일일이 손으로 걷어내며 한 시간이 넘도록 물을 틀어 작은 마당에 겨울 흔적을 보내 버렸다. 묶은 마음의 먼지까지 털어내듯이 찬물로 발도 싹싹 씻었다. 시리지만 개운하다. 이제 마당에 환한 봄이 가득 차리라. 봄을 꿈꾸며 한참을 앉아 있으니 아직 가지 않은 겨울의 찬기가 서서히 뼈 속까지 차오르고 있다.

한기를 느끼며, 지인이 남편을 그리는 아픔이 이렇게 서서히 차오르면 어쩌나 하는 생각이 들었다.

한 달 전, 지인은 문자로 담담하게 남편이 중환자실에 있다고 연락이 왔다. 전화하니 남편이 폐렴으로 병원에 입원 했다고 한다. 평소 건강한 몸이 아니었다는 남편은 병마를 이길 힘이 소진되었단다. 산소포화도가 떨어지고 이산화탄소배출이 안되어 생명이 위험한 상황이란다. 기관지 삽관을 하라고 하는데 남편이 앞으로 감당해야 할 고통을 생각해서 욕심을 내지 않기로 했다고 한다. 남편이 그렇게 해 달라고 원했으며 딸들도 아빠를 위하는 길은 편안하게 하나님께 보내드리는 거라고 했단다. '왜 너무 젊잖아, 아쉽잖아, 불쌍하잖아, 외로워서 어떻게 살려고' 라는 말은 삼키고 할 수가 없었다. 그녀가 너무나 담담하여 통상적이고 상식적인 어설픈 말이 부끄러웠다. 어떻게 그렇게 초연할 수 있을까. 오히려 듣는 내가 혼란스러웠다.

그리고 며칠이 지나는 동안 마음이 변하지 않았을까 하는 궁금증이 있었지만 찾아갈 수도 물어 볼 수도 없었다. 싸리기 눈이 비처럼 내리는 날 아침, 근황을 물으니 소천 하셨다고 한다.

며칠 동안 그들은 중환자실에서 가족들과 행복하게 보냈다고 한다. 살아온 지난날을 추억하며 내 아빠여서 행복했고 내 딸로 아내로 살아서 감사했던 날들을 기억하며, 서로 마음을 열고 웃으면서 헤어졌다고 한다. 절실한 기독교인인 그녀는 하나님의 곁으로 간 남편은 행복할 것이고. 선하고 착한 그는 분명 천당으로 가셨을 거라고 확신했다.

어떤 힘이 그녀에게 작용한 것일까. 그런 용기와 흔들리지 않는 신념이 그녀를 강하게 만들었을까. 병원에서는 짧은 시간에 사무적이고 객관적인 선택을 요구한다. 정에 휩싸이는 경우가 많고 기적을 바라는 마음과 내 마음이 편하자고 최선을 다하고 싶어 하기도 한다. 어떤 판단의 옳고 그름은 누구도 말 할 권리는 없다. 모두가 최선의 선택이기 때문이다. 순수하게 남편의 마음을 받아들이고. 또 남편이 가고자 하는 길을 편안하게 갈 수 있도록 일주일 동안 행복하게 함께 지냈다는 거다.

지인은 젊은 남편이 살아가며 힘들어 할 것이 안타까워 손을 놓았다고 했다. 남편이 그렇게 해 달라고 했기에 웃으며 보내줬단다. 데이트하고 다음날 만날 수 있는 그런 거리가 아닌 것을, 그렇게 헤어졌다고 했다.

봄바람은 겨울을 밀어내면서 많은 것을 풀어낸다. 계절이 바뀌는 봄이면 긴장된다. 어르신들이 계절의 변화에 매우 민감하여 이기지 못하고 돌아가시는 분들이 있다. 그런데 올봄에는 남편을 보내는 지인의 마음가짐이 나를 사유하게 한다. 임종 실에서 얼굴과 몸을 흔들며 눈물로 보내는 사람에게 말한다. "아직 귀가 열려 있습니다, 사랑한다고, 고마웠다고 말씀하세요. 다 듣고 있으니 행복하게 보내 드리세요" 라고 말이다. 하지만 우리는 아직도 슬픔을 토해내지 않으면 도리가 아니라는 생각을 한다. 예전에는 곡하는 사람을 사기도 했다지 않은가. 말은 그렇게 하면서 정작 나는 성숙하지 못한 마음에 늘 흔들린다. 잠깐의 인연이고 직업상의 인연임에도 헤어진다는 사실은 편하지 않으니 말이다.

"우리는 늘 함께 한다고 했습니다. 그 사람은 천당에서 행복할 것을 믿습니다."라는 지인의 말이 슬픔을 승화시키는 가장 강인한 언어임을 안다. 후회 없는 사랑을 나눈 사람들의 헤어짐은 형식이 필요하지 않다는 것을 깨닫게 되는 봄이다. 내가 밀어낸 겨울은 여름을 보내고 가을을 지나 다시 올 것이다. 지인의 믿음에 겨울이 오지 않고 늘 남편과 함께하는 봄날의 삶이길 바란다.

사전연명의료의향서

부고 문자가 왔다. 93세 된 친구 어머니가 소천 하셨다는 전갈이다. 친구 어머니는 장학사로 교육청에 근무하셨던 신여성이다. 중학교 시절에 개량한복을 입으시고 뾰족구두를 신으신 자체로 우리들의 선망이었고, 친구네 집이 특별해 보이기까지 했다. 열 명의 자식을 키우며 직장생활도 끝까지 하시고 퇴직하셨다. 어머니를 존경한다는 친구는 말을 이었다.

사고가 깨어 있던 어머니는 건강하실 때 사전연명의료의향서를 의료보험공단에 가셔서 작성했다고 한다. 어머니가 위독하자 병원 측에서 사전연명의료의향서를 작성했음에도, 인공호흡기 착용을 하느냐고 물었단다. 어머니와 아무장치도 하지 않고 편안하게 보내드리기로 약속했지만 "아니요"라는 말이 나오지 않더란다. 순간 집요하게 강요하는 느낌을 받은 것도 사실이지만 한쪽에서는 준

비를 하고 있었다고 한다. 다행히도 어머니는 고생하지 않고 편안하게, 12시간 후에 돌아가셨다. 어머니의 마음을 역행한 것 같아서 죄송했다는 친구는 다행이라는 단어를 사용했다. 어머니가 고생하지 않고 가실 수 있어서 감사하다며 눈시울을 적셨다.

그러자 또한 친구가 어머니에 대한 속마음을 이어나갔다. 오랫동안 많은 약을 복용하면 간과 신장에 무리가 온다. 어머니가 관절염으로 고생하시면서 통증으로 진통제를 과다 복용하여 투석을 해야 하는 상황이 되었다고 한다. 신장투석을 해야 한다고 의사가 말할 때 마음이 혼란스러워 이성적인 사고로 결정할 수 없었단다. 자연사 서약서를 쓰고 어머니를 위해 통증의 끈을 놓아드리는 결정은, 불효를 저지른다는 생각이 앞서 잠을 이룰 수 없었다고 했다.

우리가 잘 아는 영화배우 김영애 씨는 가는 날까지 촬영을 했다. 그분의 마지막 드라마를 나도 열심히 보았다. 너무 말라서 보는 내내 안타까웠는데 마지막 부분에서는 멀리 시골에 가 있는 것으로 처리되었다. 나중에 들은 이야기로는 산소 호흡기를 촬영장에 비치해 놓고 가시는 날까지 좋아하는 일에 사력을 다 했다고 한다. 그리고 병원에 입원해서 "생명 연장을 위하여 나에게 아무 장치도 하지 마라"라고 아들에게 말했다고, 아들은 그대로 곱게 보내드렸다는 일화가 있다.

어르신이 요양원에 입소하실 때 어디까지 치료를 원하는가 하는 문항이 있다. 무의미한 생명연장을 거부하는 자연사(DNR)와 적극적인 치료를 위하여 종합병원이송을 원하는가에 대한 서명을 받는다. 이성적일 때는 많은 사람들이 부모님을 편안하게 보내드리고 싶다고 말한다. 그러나 응급상황이 오면 병원으로 모셔주기를 바란다. '그냥 그렇게 두세요. 병원에 모시고 가지 마세요.' 라고 하는 사람은 거의 없다. 친구가 어머니의 신장투석문제로 압박적인 선택을 해야 할 때, 하얗게 비어 버린 머릿속은 판단 할 수 있는 능력이 없었던 거와 같다.

연명치료는 치료 효과 없이 임종과정의 기간만을 연장하는 의료행위를 말한다. 심폐소생술, 인공호흡기 착용, 혈액 투석, 항암제 투여가 있다.

사전의료연명의향서를 작성하는 것은 존엄하게 죽을 권리가 있는 좋은 제도다. 의료연명 의향서를 작성하면 국가 시스템에 등록된다. 임종 전에 행해지는 연명의료를 의료기관에서 의견을 존중하여 하지 않는다고 한다.

호스피스완화 기관을 이용하여 고통을 경감시키고, 가시는 날까지 심리적 안정과 죽음으로 가는 영적인 도움을 받는 서비스도 있다. 말기 암 환자들이 전문기관을 이용하여 의사나 간호사 성직자

등을 통하여 평화로운 죽음을 맞도록 도움을 받는 일은 연명치료
는 아니다. 마음을 치유하는 아주 성스러운 과정이다.

그런데 중요한 것은 어찌하다 보면, 우리 생명이 어둡고 긴 터널
속으로 들어가게 되는 일이다. 며칠 전에도 어르신 한 분이 휠체어
에 앉아서도 주무시고 식사를 못하지만 아침을 잠 때문에 굶는 경
우가 많은 분이라 기다렸다. 점심에 아드님이 방문했을 때는 물정
도만 드시고 계속 주무시는 형태다. 집에 계실 때부터 습관이 되어
있는 라이프 스타일이라고 하며 돌아가셨다. 손은 꼬물꼬물 움직이
고 다리도 움직이고 휠체어에 꼿꼿하게 앉아 계셔서 의심을 하지
않았는데 오른팔을 들으니 힘없이 뚝 떨어지는 거다. 두 발도 잘 움
직이시는데 갸우뚱 했지만 보호자와 연락하여 병원으로 옮겼다.
검사결과 뇌경색으로 오른쪽 팔을 담당하는 부분에 혈전이 생겼
단다. 그리고 중환자실로 옮겨졌다. 인지는 없고 코로 관을 넣어 식
사를 하고 계시는 어르신에게 사전연명치료하고 무슨 관계가 있겠
는가. 그렇게 흘러가 버린 생명의 연장선은 어르신에게 또 다른 삶
이 시작되는 것이다. 절대로 나는 아니라고 장담한다고 한들 되지
않는 일이다.
소변을 잘 보지 못한다, 아니면 면역성 약화로 인한 잦은 염증으
로 자연스럽게 소변 줄을 하게 된다. 사례가 자주 들리고 연하작용

이 원활하지 않아 기도로 음식물과 침이 넘어가는 일이 많다. 흡인성 폐렴으로 병원에 퇴, 입원을 하다보면 코로 관을 주입하여 식사를 하게 되는 일들이 순차적으로 일어난다.

내가 모시는 어르신들은 허물어져 가는 정신 줄과 무디어 지는 신경계의 반응들이 자연이 주는 세월처럼 흘러간다. 아주 천천히 말이다. 길고 긴 터널 속으로 흘러간다는 사실이 사전연명의료의 향서하고는 무관하다는 생각이다.

그런 상황을 잘 모르는 친구들은 나라고 생각해 보자는 말에 절대로 아니란다. 아이들에게 어려운 선택을 하지 않게 확실하게 해놓자고 한다. 최소한의 품위를 지키면서 마지막을 보내야 한다는 거다. 자기 결정권이 없어진 후에 내 가족들이 내 죽음을 선택해야한다면, 내가 살아온 삶과 같이 구차하지 않은 선택을 해 주기 바란다. 한 친구는 구체적인 내용을 꼼꼼하게 써서 공증을 해 놓자고한다, 죽음도 내 운명 속에 들어 있는 연이겠지만 그 명줄을 잘 다스려야 한다는 거다.

우리는 죽음을 걱정하는 나이가 되어 있다. 부모님들을 보내 드리며, 우리는 좀 더 성숙한 마음으로 죽음을 맞이하자는 이야기로 스스로를 사유하게 하는 시간을 갖게 했다.

회생

봄에 분갈이를 했다. 겨우내 창가로 들어오는 햇볕 바라기만 한 화초들을 마당에 내 놓았다. 절제된 공간속에서 부족한 영양분을 찾아 뿌리만 키웠는지 화분 분리작업이 여간 힘든 게 아니다. 손길이 닿은 화분들은 고맙게도 새로운 환경에 적응을 잘 했는데 유독 치자나무가 시들했다. 겨울도 잘 견뎌낸 초록빛을 서서히 잃어가고 있었다. 그렇다고 잎이 우수수 떨어지는 것도 아니고 아주 천천히 퇴색해 가고 있었다. 한 달 두 달이 되도록 회생의 기미가 보이지 않고 초록에서 빛바랜 연두색으로, 다음에는 연두 빛이 남아 있는 누런색으로 퇴색이 되었다.

치자나무를 2000원 주고 사다 오년 이상을 키운 것 같다. 정성을 들이지 않아도 자생력이 강한지 잘 커 주어 이렇게 관심을 갖고 살펴본 적이 없다. 뽑아 버려야 하나 기다려야 하나, 하지만 미련을 버리지 못하는 것이 가지가 말랐나 하고 부러트려 보면 줄기 속에 물기가 촉촉하다. 그런데 잎사귀는 왜 이렇게 누렇게 퇴색이 되는 것일까. 잎사귀를 손으로 훑어보기도 하고 흔들어 보기도 했다. 누렇게 뜨도록 생과 사의 갈림길에서 허덕이고 있다는 생각보다 살아있나 죽어있나 만이 관심사였다. 삶과 죽음의 갈림길에 걸려 있는 하나의 생명인 것을, 그 생명을 내가 선택하고자 했다.

길을 지나다 꽃집 앞에 치자나무가 진열되어 있는 것을 발견했다. 회생을 기다리면서도 나도 모르게 치자나무 가격을 물어 보았다. 똑같이 2000원이란다. 주인은 분갈이를 하면 몸살을 두 달 이상 앓는 아이들도 있다고 귀 뜸 한다. 그렇게 심하게 몸살을 앓고 있다니, 들었던 어린 나무를 도로 놓았다.

두 달이 넘도록 누렇게 퇴색된 잎사귀를 끌어안고 저항력을 총동원하여 사투를 벌이고 있는 우리 집 마당 치자나무, 하얀 꽃을 피우고 미처 보지 못하면 진한 향으로 내 발걸음을 멈추게 하던 치자나무이다. 그런 너에게 뭘 어떻게 해 줘야 하는지 알 수는 없다. 다만 마음을 주고 아픔을 공유하면서 이겨내기를 응원이라도 해야 할 것 같다. 물을 주면서도 햇볕을 함께 바라보면서도 삶의 확인이 아닌 희망의 눈빛으로 어루만졌다.

　요즈음 나는 치자나무 같이 생사의 길목에서 허덕이는 또한 생명을 위해 마음 쓰는 일이 있다. 내가 하는 일이 회생이라는 단어가 쓰인다고 생각한 일이 없다. 유지가 잘 되고 계신 분의 표현을 나는 "예쁘게 잘 계세요." 또는 "아주 좋으세요."라고 표현한다. 어렵습니다. 또는 얼마 남지 않았습니다. 위험합니다. 라는 말로 끝남을 암시해야 하는 단어를 쓰는 일도 많다. 그런데 "회생할 가능성이 없습니까?"라는 질문을 듣는 순간 대답을 금방 찾지 못했다. 보호자들은 대부분 남아 있는 시간을 묻거나 아니면 얼마나 어렵습니까? 라는 표현을 했다. 그런데 90살이 되고 병원에 13년이나 계신 분에게 회생이라는 단어로 어머니의 안위를 물어 올 때 나는 적잖이 당황스러웠다.

　호흡이 전과 다르다고 상태가 만만하지 않다고 전화를 하자 보호자는 오겠다고 했다. 말을 할 수 없으나 치자나무 잎이 누렇게 되듯이 어르신의 몸 중에서 가장 믿을 만 한 눈이 빛을 잃어가고 있었다. 그러나 가지에 물이 촉촉하게 남아 있듯이 어르신 혈압과 맥박은 정상을 유지했다. 어르신을 모시면서 말 한마디 해 본적 없고 손을 들어 잡아 보지 못했다. 인사를 눈빛으로 받아주고 치료가 끝나고 "고생 했어요"라고 말하면 눈을 마주하고 한쪽 입 꼬리를 살짝 올려 보였다. 교감이 되는 순간 가슴 시려오는 삶의 회의가 순간순간 나를 힘들게 했다. 눈빛이 희미해지면서 치자나뭇잎이 떨어지나 흔들어 보는 지경에 이르렀다. 몸속에서 산소는 얼마나 빠져 나갔나 확인하고 심장박동이 얼마나 느려지는지 확인하고 있었다. 회생을 묻던 아들이 도착했다. 며칠 동안 곁에 머물면서 어머니를 지켰다. 집안 어른들이 문안 오셔서 모셔다 드리는 사이 어머니는 회생을 할 수 없는 세상으로 가셨다.

아들은 월급을 타면 모두 병원에 내는 시절도 있었다고 했다. "애 쓰셨네요." 라는 말에 "아니요 어머님이 긴 시간 고생 하셨지요." 하면서 어머니가 그렇게 빨리 가실 줄 몰랐다고 임종을 보지 못해 너무 죄송하다고 했다.

웅크린 태아의 모습을 하고 튜브로 영양을 공급하고, 소변 줄을 통해 소변을 보고, 피부에 상처가 끊임없이 생기는 어르신이었다. 어머니의 회생을 바라던 아들은 어릴 때 입양 된 양자였다고 했다.

마당의 치자나무는 회생을 했다. 두 달이 훨씬 넘은 어느 날 누렇게 퇴색한 잎이 초록으로 변했다. 어떻게 변했는지 알 수 없다. 서서히 퇴색한 절차를 밟아 물이 올랐는지 알 수 없으나 날개를 쭉 쭉 펴고 여봐란 듯이 바라본다. 잎은 떨어지지 않고 누런색에서 초록색으로 회생했다. 새로 화분을 구입했다면 기다림의 기쁨이 이렇게 호들갑스럽게 클까. 얼마나 힘겹게 삶을 향해 두 달이 넘도록 몸부림 쳤는지 나는 알 수 있다. 대견하다. 새로 피워낸 치자 꽃향기가 좋다. 그 효자 아들도 향기로운 날들이길 바란다.

미움

미움 · 1

마르고 표정이 없는 여인이 찾아 왔다. 아버지를 찾아 왔지만 만
나지 않겠다고 한다. 보기 싫지 않기 때문이고, 아버지를 병원에 모
시고 가지 말라는 부탁을 하러 왔단다. 그런 이야기를 아무 거리낌
없이 하는 그녀는 진지했다. 창피하다거나 주변을 의식하는 태도
는 없고 당당해 보이는 그녀의 사연이 궁금했다.

차를 한 모금 마신 그녀는 대뜸 "우리 아버지는 아버지가 아닙니
다."로 시작했다. 우리는 어린 시절이 없습니다. 두려움과 공포 속
에서 가슴에 시퍼런 멍을 안고 살았습니다. 어떻게 하면 집을 떠날
까, 아버지 없는 곳으로 도망가는 것이 소원이었던 우리형제들은
늘 우울하고 힘겨웠지요. 언니는 일찍 집을 나갔지만 피해의식과

우울증에 시달려 일상생활을 하지 못하고 정신과치료를 받고 있습니다. 우리는 아버지 때문에 어린 시절을 유린당했습니다.

책을 읽듯이 한 단락을 마친 그녀는 차를 한 모금 마시고 말을 이었다.

술을 좋아 하시는 아버지는 매일 술을 먹고 들어와 어머니를 때리셨습니다. 체구가 작은 어머니는 밤마다 한차례 씩 고통을 당하셨어요. 그리고 부풀어 오른 화를 우리에게 돌리셨지요. 아버지가 죽었으면 좋겠다고 소원했는데, 이렇게 살아서 우리에게 살려달라고 손을 벌리네요. 요양비 내는 것도 아까워요. 아주 담담하게 하수구에 걸려 있던 찌꺼기를 탁탁 털어 버리듯이 거침없이 말했다. 그리고 무거운 짐을 내려놓고 쉬는 사람처럼 한참을 말없이 앉아 있었다.

차를 한 모금 천천히 마신 그녀는 찻잔을 만지작거리고 있었다. 미워 한다는 마음이 그녀의 삶을 얼마나 힘겹고 무겁게 누르고 있을까. 찾아보면 고맙고 좋았던 부분도 분명 있을 텐데⋯ 상처의 그늘이 너무 커서 모두 가려지고 원망만 남아 있다. 덩그렇게 남아 있는 찻물 우려낸 봉지가 빈 찻잔에 싸늘하게 식어 처량하기만 하다.

어르신은 얌전한 분이다. 술을 마시지 않아서 그런지 낯도 가리는 것 같다. 우리에게 반말도 하지 않는 분이 어쩌다 술을 마시게 되었는지. 순한 성격에 술을 이용한 생활을 하셨는지도 모른다. 그리고 그 술을 이기지 못하고 세상을 향한 분노를 착한 성격에 어쩌지 못하고 집에다 털어 버렸는지도 모른다.

나를 붙들지 못하고 사는 인생은 이렇게 비참하다. 어르신도 가장노릇 하느라고 열심히 세상을 향해 몸부림을 쳤다고 생각한다. 그것이 잘 이루어지지 않았을 뿐, 그래서 어르신은 취해 사는 인생을 택하신 것 같다. 비겁하고 치사한 인생을 선택하신 어르신은, 당신이 어떤 아버지였는지 어떤 남편이었는지 알지 못하고 사시는 것 같다. 노릇을 하고 사는 것은 무엇인가. 나에게 맡겨진 책임을 하고 산다는 거다. 가장 큰 책임은 내가 낳은 자식을 바르게 키워 사회에 환원하는 일이다. 그 책임을 하지 못하고 상처만 안겨준 어르신은 천연덕스럽게 아프다고 자식들에게 전화 해 달라고 졸라댄다.

그녀는 아버지를 만나지 않고 돌아갔다. 딸에게는 아버지가 없다. 아주 없다면 그리움이라도 남아 있지 않겠는가. 돌아가 안길 든든한 기둥이고 넓은 품이 없다는 것이 얼마나 불행한 일인가. 그 마음이 불쌍해서 한참을 바람 속에 서 있었다.

미움·2

복도가 소란스럽다. 남자는 큰 소리로 절대로 돈을 낼 수 없다며, 당신들이 해결하라고 팔을 흔들어 댔다. 난감한 상황으로 남자의 소란이 멎기를 기다렸다. 억지로 그 남자의 화를 잠재우려 하다가, 말이 엇갈리면 화는 더 커지기 일쑤다. 약을 먹이지 말라고 했는데 약값이 청구되었다는 거였고, 약속을 지키지 않은 우리에게 따지러 온 일이다.

분풀이가 끝난 그 남자와 찻잔을 앞에 놓고 앉았다. 눈이 선한 남자는 아까와는 사뭇 다른 멋쩍어 하는 모습이다.

어머니는 너무 억세고 안하무인眼下無人이란다. 동네에서 어머니를 상대하지 않고 모두 거리를 두었다고 한다. 살면서 모성애라는 것을 느끼지 못하고 살았고, 아버지를 험한 욕설로 꼼짝 못하게 했다는 거다. 아들이 가장 가슴에 남는 상처는 아버지가 편찮으실 때 어머니의 반대로 병원에 모시지 못했단다. 아버지를 잃은 슬픔을 어머니에 대한 원망으로 채우고 있었다. 치매가 오고 극성스러움은 극에 달했다고 한다. 담을 넘어 나가고 심지어 화장실 판자를 떼고 나가는 극성스러움에 너무 힘들었다는거다. 장례식이나 치르러 오고 싶다는 말을 했다.

어머니는 연세로 인하여 장운동이 원활하지 않아 촉탁의 처방으로 변보는 약을 드렸다. 그 가격이 한 달에 만원도 되지 않는다. 그것도 아깝다고 한다.

키도 크고 손발도 유난히 긴 어르신은 치매가 심하고 억세다. 휠체어를 태워 놓으면 휠체어를 탄 채로 벌떡 일어서 앞으로 꼬꾸라진다. 그 반동에 이마에 상처 내기 일쑤고 침상에 계시면 내려와 위험한 상황을 만들어 어려운 선택을 해야 했다. 아들과 상의하여 침상에서 내려오지 못하게 가슴이나 손을 억제하는 일이다. 가슴을 억제하면 종일 누워계셔야 해서 손을 억제하기로 했다. 어르신은 앉아서 하루 종일 누구와 대화를 나누듯이 이야기 하셨다. 드시는 것도 늘 급하게 허겁지겁해서서 체하기를 반복하여, 스스로 드실 수 있어도 속도를 늦추는 보조를 해야 했다.

어느 날, 축 늘어지고 인지가 불분명하여 전화하니 아들이 왔다. 다행이 체한 것으로 병원에 가지 않고 깨어나셨다. 아들은 미안하다고, 수고한다고 너무 애쓰지 말라고 위로하며 피로회복제를 놓고 갔다. 피로회복제 값으로 약값을 내면 좋으련만 그는 그렇게 하지 않았다.

우리는 어머니의 언어폭력이 가정에 미치는 영향이 얼마나 큰지 어느 대 기업의 일화를 매스컴을 통해 잘 알고 있다. 가정이라는 울타리의 주인인 부모님 행동이 집안 곳곳에 스며들고 있는지 잘 안다. 아들이 어머니를 원망하며 자기가 살고 있는 가정은 어떻게 지키고 있는지 알지 못해도, 판단할 수 있는 잣대는 바르게 갖고 있는 듯이 보였다. 비록, 어머니사랑을 받지 못한 아들은 온화한 아버지를 많이 의지하고 살아왔다고 한다. 그런데 어머니 때문에 아버지를 잃었다는 원망의 뿌리는 아주 깊었다. 어머니를 용서할 수 없다고, 장례식에나 온다는 말을 하고 갔다.

왜 그렇게 불쌍한 사람들이 많은 건지. 나는 살면서 가장 갑 질을 많이 한 상대는 내 어머니였던 것 같다. 갑 질을 하고 사는지도 모르고 사는 관계다. 내 마음을 다 퍼 부어도 괜찮았던 어머니는, 내가 어떤 모습이어도 안길 수 있는 품을 내 주었다.

나이 들어 가며 그 넓은 마음을 그리워한다. 무한한 사랑을 깨닫게 된다. 고비마다 후회하며 반성하고 더욱 사랑하고, 그리워하는 대상이 어머니 아니던가. 그런데 그 남자는 그런 어머니가 가슴에 없다. 슬프고 가여운 일이다.

뮌히하우젠증후군

라벤더 꽃이 피었다. 보랏빛 날개를 활짝 편 모습이 흡사 나비가 앉아 있는 모습이다. 송송이 맺혀있는 꽃망울들이 한꺼번에 열리면 얼마나 향기로울 것인가. 친구가 선물하면서 햇살을 좋아하니 양지에 놓아야 하고, 일주일에 한번 잎에 닿지 않게 물을 주어야 한다고 했다. 향기는 심신을 안정되게 하고 머리를 맑게 하니 글 쓰는 나에게 도움이 될 거라고도 했다. 향기가 마음을 안정시킨다니 근무하는 요양원에도 하나 가져다 놓으면 좋겠다는 생각을 했다. 눈에 광채를 품고 이를 앙 물고 달려드는 어르신이 라벤더 향기를 맡으면 요술같이 사르르 녹아내려 웃어주면 얼마나 좋을까.

어르신과의 만남은 아주 인상적이었다. 돋보기 쓰고 책을 읽고,

예의 바른 대화, 웃음 띤 얼굴로 콧소리 섞인 높은 톤의 교양 있는 목소리. 아직은 오지지 않아도 되는 어르신인데, 어쩌다 이렇게 서둘러 요양원에 오시게 되었을까 하는 안타까운 마음이 들었다. 보행은 약간 불편하지만 화장실도 가시고 식사도 틀니 끼고 깨끗하게 드신다. 치매 증상으로 싸우기도 하고, *섬망에 혼돈을 보이는 어르신들을 찌푸리고 바라본다. 그리고 '나는 당신들 하고는 달라'라며 도도한 표정으로 경계를 긋는다. 한 손에 쏙 들어오는 황금색 부처님 상을 수시로 꺼내 보고 싸고 또 싸고 하며 간직했다. 스스로 마음을 위안하고 계신다는 생각을 하며 집에서 구독하는 불교 신문을 가져다 함께 읽으며 관심을 보였다.

요양원에 오시는 분들은 오실만한 이유가 있다는 것을 함께 생활하면서 종종 잊게 된다. 나의 부모님이요, 이웃이요, 형제라는 관계가 되어 애틋한 정으로 가까워진다. 어르신은 특별히 관심을 갖고 대해주는 나의 의도를 의심하기 시작했다. 아들과 짜고 이곳에 가두었다는 생각. 면회도 못 오게 한다는 억측으로, 원망과 증오의 대상은 간호사인 나에게로 향하고 있었다. 내 방으로 습격하듯이 들어와 머리채를 잡고 약품 상자를 뒤 엎고, 벌겋게 흥분된 얼굴로 부들거리며 노려보았다. 그 예의바른 신여성은 존재나 한 것인지.

"내가 왜 이곳에"라는 의문이 어르신을 괴롭혔다. 가만히 누워 창밖을 하염없이 바라보는 모습이, 뒷문으로 나가는 입구에 홀로 신문을 깔고 앉아 밖을 바라보는 모습이 안쓰러웠다. 어쩌지 못하는 그 마음을 알고 상대가 되어 드리는 내 마음을 어르신은 잡고 늘어졌다. 마음이 모든 것을 지어낸다고 했던가. 혈압이 230/120으로 얼굴이 붉게 달아오르고 늘어졌다 휠체어에 태웠더니 뒤로 고개가 턱하니 넘어가 침대차에 옮겨 싣고 병원으로 뛰었다. 병원서 종합병원으로 옮겨야 한다고 하여 도착한 딸과 함께 구급차로 이동을 했다. 그런데 달리는 차안에서 혼수상태였던 어르신은 갑자기 일어나더니, 내 손을 잡고 특유의 높은 콧소리로 미안해서 어떻게 하냐며 끌어안고 얼굴을 비벼 댔다. 당황스럽고 의아한 행동이었지만 깨어났다는 안심에 안아드렸다. 그날 밤, 응급실에서 각종 검사를 다 받고 이상소견이 발견되지 않아 밤 12시가 넘어 딸이 모시고 왔다.

그 후로도 혈압이 터무니없이 오르고 혼수상태로 빠져있는 듯해서 병원으로 모셨으나 다음날 퇴원하는 일이 생기면서, 증상이 와도 병원에 가지 않고 요양원에서 관찰했다. 몇 번이나 가슴 졸이는 밤을 보내고 태연하게 일상으로 돌아가는 일이 반복되면서, 혈압 올리는 증세는 잠잠해 졌다. 어느 날부터 구토를 시작했다. 벌겋게 달아올라 침상에서 복도에서 다리를 벌리고 앉아 구토 물이 바지가 흥건하게 적시도록 토했다. 그리고 보란 듯이 앉아 계셨다. 횟수가 많아지면서 이러다 중요한 것을 놓치면 어쩌나 하는 조바심에 복부 CT를 찍어 보자고 했다. 가족은 어머니를 위해서 아무 검사도 하지 말란다. 한동안 신경전을 벌이던 사이 서서히 그 증상도 없어졌다. 이렇게 가슴 쓸어내리기를 수없이 한 어느 날 "우리 엄마는 연기의 달인이야"라며, 딸이 혼자소리 하는 것을 듣게 되었다.

이제까지의 증상이 모두 연기였더란 말인가. 매스컴에서 40이 넘도록 간질질환을 앓은 여성이 나왔었다. 그 여성은 뇌파검사결과 간질이 아니라는 진단이 내렸다. 주변의 관심을 끌기 위해 자기 몸을 스스로 자해했다는 거였다. 아픈 동생에게 부모님 관심이 쏠리자 간질 증세를 보였더니 부모님이 사랑해 주더라는 거다. 40여 년 동안 결혼도 하지 않고 부모님의 보호를 받고 있었다. 실제로 증상을 보여주던 모습은 의심 없는 간질 환자였다.

어르신도 집에 계실 때 수없이 많은 증상으로 온 식구를 모이게 했다고 한다. 그 때마다 '이상소견 없음'이 반복되면서 서로 이해관계가 얽히게 되었다. 같이 살던 며느리는 우울증으로 약을 먹게 되고, 어머니라는 말만 들어도 심리적 불안으로 부들거리는 증세를 보인다고 했다. 작은 화분을 선물하는 친구도, 그 꽃이 갖고 있는 성질을 설명하며 당부하는데, 부모님을 맡기면서 왜 그렇게 말을 아끼는지 야속 할 때가 많다. 같은 공통분모를 갖고 고민 하면서 많은 사연들을 풀어내게 된다. 물을 너무 많이 주어서. 햇살을 주지 않아. 통풍이 되지 않아 검게 변해가는 라벤더는 향도 거두어 간다고 한다. 그에 맞는 간호를 했다면 서로 진을 빼는 신경전으로 피로하지 않았을 것을… 아쉬운 마음이다.

어떤 방법도 통하지 않는다고 체념한 듯이 보였다. 주기적으로 내 머리채를 잡고 한바탕 분풀이를 하는 것 말고는 안정을 보이는 듯했다. 하지만 집착은 끝이 보이지 않는 사막 같은 거였다. 어느 날, 옷이 피로 얼룩지고 머리칼은 끈적거리고 뻣뻣하게 피로 뒤엉킨 상태로 침상에 처연하게 앉아 있었다. 가만히 앉아 있는데 무엇이 휙 지나가면서 때렸다는 거다.
붉은 피가 터져 나오도록 머리를 짓 이기는 구십 살 노인의 처절한 절규는 당신이 살던 집으로 돌아 가기위한 몸부림 이었다.
풀 수 없는 매듭에 서로가 안타까운 관계는 누가 더 이기적인건가. 내 스스로에게 질문을 던져 보지만 답을 찾을 수 없어 울렁거리는 멀미로 현기증만 일뿐이다.

요양원으로 돌아와. 차에서 내리는 나에게 "수고 했어"라며 특유의 도도한 인사를 했다. 딸이 "엄마도 내려야지" 하자 "나는 집에 가서 통원치료 받아야지"라며 내리지 않았다. 병원에 가지 않아도 된다는 말에 꼿꼿하던 몸과 도도하던 표정이 무너져 내렸다. 연체동물처럼 흐느적거려 차에서 끌어 내릴 수가 없었다. 아무도 바라보지 않는 어르신은 그렇게 무너져 갔다. 내가 휘젓는 세상으로 다시 나오지 못하고, 버둥거릴수록 점점 조여 오는 덫에 스스로 갇혀버리고 말았다. 나를 향한 지극한 사랑이 상대를 향한 사랑으로 바뀌면 부메랑처럼 돌아오는 이치를 깨닫지 못한 삶이 안쓰러울 뿐이다.

라벤더 향은 내 마음을 가져간다. 내 시선을 사로잡고, 향을 맡기 위해 나를 낮추고 다가간다. 피고 지는 보라색 꽃이 좋아서, 향긋한 향을 오래 간직하기 위해 시들지 않게 물을 주고 햇살이 잘 드는 곳에 놓아줄 것이고 바람을 불러들일 것이다. 그것이 나를 위한 행복이기에 바쁜 손길을 아낌없이 줄 것이다.

* 섬망-치매증상으로서 환청, 망상, 환시. 초조 등이 있다

상구님

라디오는 혼자 떠들어대고 차안은 침묵이 흐른다. 아침일로 기분도 상했지만 정신과 선생님이 입원하라고 하면 입원 시켜야 하는 상황이기에 마음이 심란하다. 그런데 갑자기 "교도소에 가기 싫어요, 가지 마세요."라는 소리로 뒷좌석에 앉아 있던 사람이 정적을 깬다. 겁에 질린 눈으로 애걸에 가까운 표정이다. 병원에 떼어놓고 올 생각에 착잡했는데 뜬금없이 교도소라니 참으로 어처구니없다. 병원에 진료 받으러 가는 길이라고 말해도 불안한 마음은 가셔지지 않는지 교도소이야기는 계속된다. 휠체어에 앉아 안전벨트를 하고 있으니 구속된 기분이 들어 두려운 모양이다.

안 되는 것도 없고 되는 것도 없이 막무가내 인 사람이라고는 믿기지 않게 절절맨다. 헛웃음이 나오기도 하고 불쌍한 마음이 들어

교도소 가는 차가 아니라고 몇 번이나 다짐을 했다.

그 사람을 처음 만났을 때, 게슴츠레한 눈으로 '이쁘다, 뽀뽀해 줘'라며 내 팔을 잡았다. 온몸에 소름이 끼쳐 나도 모르게 손을 뿌리쳤다. 정신병원도 아니고 어떻게 이런 사람이 이곳에 올 수가 있나 해서 자료를 찾아보았다. 대학병원에서 이송해온 사람으로 자세한 내용은 없고 병명만 기록되어 있다. 칠십도 안 된 사람이 요양원에서 노인으로 분류되어 어르신 대우를 받고 있었다.

그런 사람이 두려움에 떨며 '잘못 했어요 교도소에 가기 싫어요, 데려 가지 마세요.'라며 하소연 하니 참으로 가지가지 인생이다.

문제가 있는 사람은 그렇게 인정하고 대하면 틈새로 비집고 들어갈 수 있는 마음이 생긴다. 좀 넓게 이해의 폭을 치고 어떤 방향으로 가는지 그 마음의 길을 찾아가는 재미도 있다. 처음은 소름끼치는 이색적인 만남으로 겁이 났지만 서서히 살살 달래고 알아가면서 생활할 수 있었다.

생각을 하고 사는 사람은 아니었다. 오로지 한 가지 과도한 성도착증 환자같이 행동했다. 하고 싶어, 해줘. 만져 줘하며 입술을 내밀고 달려들기도 한다. 손을 내밀어 만지고 치고 찌르고, 무방비상태로 있다간 당하기 일쑤다. 처음 온 사람은 가까이 하지 못하는데 봉사 온 여학생이 모르고 들어갔다가 놀라 울어서 곤욕을 치르기도 했다.

같은 방 어르신 침상으로 올라가 덮쳐서 한밤중에 난리가 나기도 하고, 방에 들어가면 아랫도리를 다 벗고 누워 있기도 한다. 참으로 여러 가지 형태로 놀라고 너무나 과도한 행동에 기가 막혀 자리를 뜨고 입을 다물어 버리기 일쑤다.

시간은 터득하는 법을 가르쳐 준다. 노력하는 만큼 가까워지기도 한다. 안아주는 듯 따뜻한 표현과 엄격한 표정을 좋아했다. 엄마가 아이 꾸중하는 듯이, 엄한 눈을 하고 지적하고 다독이면 표정을 살피며 자세를 낮추었다. 자존감이 강한 사람은 못되었다.

사회에서도 이런 증세가 있었는지 알 수가 없다. 이곳에 와서 생긴 증세는 아닌 것 같아 살아온 세월을 물어 본다.

무엇하고 살았느냐고 물으면 나쁜 짓 많이 하고 살았다고 서슴없이 말한다. 그 나쁜 짓은 도둑질이란다. 온몸에 시퍼런 문신으로 얼룩져 있는 그 사람은 똑똑하지 못하고 내 의지와 관계없이 주변 환경에 이끌려 좋지 않은 길로 빠져버린 것 같다. 사북에 돈 받으러 가자고도 하고 살던 곳이 대구인데 간다고 나서기도 한다.

병원에서 올 때 가져온 보따리 안에 백구두와 하얀 양복이 있었다고 한다. 나중에 들은 이야기는 백구두 신은 신사가 저혈당으로 길에 쓰러져 병원에 옮겼으나 그는 무 연고자로 수급자였던 거란다.

요양원에 있으면서도 요양비는 면제이고 약값도 무료다. 이곳에 들어오기 전에도 그는 우리들이 내고 있는 세금으로 먹고 살았다.

무엇을 했다고. 자기 삶에 대한 책임을 지지 않고 살아온 사람에게 너무 후하게 받아들이는 것이 아닌가. 세금은 내고 살았느냐고 공연히 한번 물어보기도 했다. 지금 이 사람에게 선택의 여지가 없는 일이지만, 이런 사례들을 종종 만나게 될 때마다 아쉬운 마음이 든다. 당연하고 당당하게 받고 있는 복지는 나라에서 주는 돈이 아니라는 것을, 지금 옆에서 일하고 있는 사람들이 내는 세금이라는 것을 모르고 있다.

그런대로 잘 지냈는데, 아침에 요양보호사 선생님이 그 사람 방에 케어 하러 들어갔을 때 아랫도리를 벗고 성기를 세우고 하자고 했단다. 성적 횡포가 도를 넘어 정신과 병원에 진료를 받아야 할 것 같아 외부에 있는 전문의를 찾아 가는 중이다. 그런데 황당하게도 교도소를 운운하며 평소와 다르게 위축되어 애걸을 한다. 순간 불쌍해서 차를 돌릴까 하는 약한 마음이 들기도 했다.

병원에 도착하자 안심한 모습을 보인 그는 다시 그 못된 손버릇이 시작되었다.

병원에서 진료를 하는 동안 그 사람은 내 가슴에 손을 대고 뽀뽀해 달라며 치근거리자 의사는 그를 입원시켰다. 이곳에서도 그 짓을 하면 약을 먹여 재우든가 손을 억제한다고 한다. 분위기를 알았는지 입원실에서 어린아이마냥 칭얼거리며 혼자 두고 가지 말라고, 말 잘들을 거라며 울다시피 붙잡는 사람을 뒤로 했다.

결국에는 그 사람을 병원이라는 교도소에 가두고 왔다. 오는 내내 불편했지만 내가 어쩔 수 있는 일이 아니라고 생각을 미루었다.

자업자득

　요양원에 근무하며 자주 만나는 어르신 가족들과 마음을 트게 되고 격의 없는 대화로 친분 관계가 되기도 한다.

　집집마다 살아가는 이야기는 들여다보면 모양만 다를 뿐 비슷비슷한 세상살이다. 가족 간의 관계에 대하여 푸념같이, 하소연 같이, 같은 나이가 느낄 수 있는 공감대를 형성하여 먼지 털듯이 풀고 가기도 한다.

　한 어르신이 식사는 거부하시면서 입에 맞는 간식거리는 요구하고 드시기만 하면 민감하게 복통을 호소하셨다.

　아들에게 전화하여 병원에 가서 검사를 해 보는 것이 좋을 것 같다고 했다. 며칠 후, 요양원을 찾은 아들은 아프다는 어머니를 만날 생각은 하지 않고 더욱이 안타까운 마음도 없어 보였다.

어머니 방에 들어가지 않고 창밖을 내다보며 서서, 들어주는 대상이 누구라도 좋은 듯이 답답한 심정을 말하기 시작했다.

어르신은 강하고 자아사랑이 유독 심한 분으로 자녀들의 희생을 요하셨다고 한다. 자기중심적이었던 성격은 자녀들을 피로하게 하였고, 이리저리 다니며 말전주로 형제애를 끊어 놓았다고 한다. 오해는 오해를 낳고, 형제간에 언쟁도 일어나 사이가 멀어졌다. 어머니가 다리를 못 쓰시면서 정작 보호를 받아야 할 때는 자식들이 아무도 돌아보지 않았단다. 요양원에 모시고 왔어도 서로 합의하여 의무적으로 요양비만 낼 뿐, 살갑게 어머니를 보살 필 사람이 없다는 거다.

이런 경우에는 참으로 난처하다. 병원에 갈 일이 생기면 누구하나 시원하게 대답하지 않는다. 아들과 상담했으나 대답을 하지 않아 딸을 설득하여 병원에 모시고 갔다. 직장암 말기 진단을 받고. 아들에게 전화하니 죄받는 거라는 말을 했다. 아프고 외로워야 한다는 거였다. 누가 들을까 무서운 말을 서슴없이 하는 아들은, 어머니는 낳았을 뿐 우리에게 해 준 것이 없다는 말을 했다.

낳아준 공이 얼마나 큰지 그것만으로도 감사한 일이 아니냐고, 젖도 물리고, 기저귀도 갈고, 밥 먹여 학교도 보내고 하지 않았느냐고 조심스럽게 반박을 했다.

그건 당연한 것이고. 많이 가르치지 않았으면 가는 길은 막지 말았어야지. 집집마다 다니면서 이간질은 하지 말았어야지. 평생을 아프다며 우리를 볶지 말았어야지 하며 자업자득이라는 말을 했다. 그 말을 하는 아들마음은 편하고 시원했을까. 그렇지 않았을 거다. 가을바람에 서걱거리는 갈대와 같이 메말라 있는 아들의 마음이 안타깝기만 했다.

어르신은 그 마음을 알 수 없는 분으로, 이렇게 해 드려도 타박 저렇게 해 드려도 타박이셨다. 감사하는 마음이라든가 배려하는 마음 주머니는 타고 나지 않았으면 후천적으로 살아가며 가꾸어야 하는 인간의 덕목이다. 어르신은 전혀 그런 마음은 존재하지 않는 듯 했다. 가끔 오는 딸에게 매일 죽어야지, 죽을 약을 사가지고 오라는 말로 눈물짓게 했다. 약을 드리면 넘기는 척 물을 드시고 휴지에 싸서 쓰레기통에 버리기 일쑤다. 확인하기 위해 입을 벌려보시라고 하면 화를 내서서 그렇게도 하지 못했다. 그런 행동들이 자식들을 질리게 만들었던 것 같다.

어르신들은 자식도 크면 눈치가 보인다고 한다. 하나의 인격체가 되면 그 인격체를 존중해 주어야 하기 때문이다. 나도 아이들이 가정을 꾸리고 한 여인의 지아비가 되고나니 거리가 생기고 말 한마디가 어려워진다, 내 식구인데 때로는 내 식구가 아닌 것 같은 거리감을 느낄 때가 있다. 때로는 서운하지만 표현할 수 없는 내 자식들이 되어 있다.

양쪽 부모님이 다 돌아가시고 문득 어른 자리에 와 있다는 생각이 한동안 방황하게 했다. 명절이 되어도 찾아가 뵐 어른이 없다는 허전함에 힘들었다. 내 아이들에게 느끼는 거리감을 내 부모님도 느끼고 계셨을 텐데, 자식은 당연히 알지 못하고 산다.

그러면서 한 번씩 진단한다. 나는 어떤 부모가 되어 있는가. 혹여나 너무나 많은 것을 기대하지 않는가.

낳아주고 길러준 공을 당연하다고 생각한다면 자식 된 도리는 어디까지 당연한 것인가. 서로가 당연한 것은 없다. 관계는 감사하게 생각하면 감사하게 돌아오는 자연의 이치라고 생각한다. 가장 가까운 사람에게 당연하다는 이유로 서로 많은 상처를 주고 살고 있다. 그래서 우리는 순간순간 역지사지로 역할을 바꾸어 생각하는 습관을 가져야 할 것이다.

행운목

행운목

·

시종점부

·

바라보기도 아까운 내 아들

·

막걸리 할아버지

·

휠체어를 밀던 여학생

행운목

행운목 잎이 너울거린다. 죽은 나무 밑 둥에서 촉을 틔운 여린 잎은 어린아이 크듯이 쑥쑥 자란다. 좋다. 생동감이 집안을 살아있게 한다.

나는 요양원에 출근하면 목소리를 한톤 높게 밝게 웃으며 푸른 잎이 춤추는 듯이 생활한다.

301호는 내 자리에서 바라보이는 방이다. 관찰이 필요한 분들이 계시는 방으로 벽이 유리로 되어 있다. 앞자리에 계신 어르신은 오늘도 아이들 밥 먹여야 한다며, 요만한 애들 두 명 못 보았느냐며 찾는다. 애기 장가들어 없다고 하면 "아이구 모르는 소리 말어."라고 하시는 어르신과 함께 아기를 찾은지 2년이 넘었다.

볼수록 예쁘고 착한 어르신은 중환자실에서 구급차로 모시고 온 분이다.

아들은 어머니가 중환자실에 계신다고, 모시고 오고 싶다고 찾아왔었다. 의사가 있는 요양병원으로 가야지 여기 오실 분이 아닌 것 같다고 해도 다음날 다시 왔다. 병원에 가서 상태를 보고 결정해 달라고 나를 데리고 중환자실로 갔다. 요양원으로 가다가 돌아가신다고 거절했으나 책임을 묻지 않겠단다. 조건을 달고 응급수송으로 모시고 왔다.

요양원에 3시쯤 도착해서 집중관찰로 관리했다. 5분마다 체크하던 중 2시간 후 혈압이 잡히지 않았다. 혹시나 하고 가족을 가지 못하게 하였기에 바로 달려왔다. 사무실에 연락하여 승강기를 잡아 두고 병원으로 가는 문을 다 열어 놓도록 했다. 그리고 침대 그대로 병원으로 뛰었다. 연락을 받고 기다리던 의사선생님이 응급조치를 취하고. 30분후 맥박이 잡히기 시작했다. "잡혀요, 사셨어요." 라는 말에 숨죽이고 바라보고 계시던 가족들이 오열 했다. 울음소리가 나니 밖에서 사망하셨는지 알았다고 했다. 살아나신 어르신 첫 마디가 "추워"였다. 울다 웃다 하시는 보호자님들은 감사하다며 손을 잡고 인사를 했다.

어르신은 저혈당으로 응급실에 입원하셨다. 가족들은 어떤 이유에서인지 병원에 불만이 대단했다. 입만 열면 화가 터져 나왔다. 같은 일을 하는 사람으로 보호자들이 하는 이야기가 이해가 되지 않았으며 보호자 태도가 탐탁하지 않았다. 다행이도 어르신은 살아나셨고 얼마 후 나에게 다시 오셨다.

푸른 잎이 너울거리는 행운목은 겨울에도 잘 견디었는데, 한해 겨울에 관리가 잘 못 되었는지 잎이 말라버렸다. 이사할 때 지인이 행운이 가득하라고 보내주었던 선물이다. 굵은 나무 세 개가 쭉 뻗어 있고 끝에 꽃처럼 피어 있는 푸른 잎은 면류관 같은 모습이다. 10여년을 그 모습 그대로 가족처럼 지켰다.

서운함에 버리지 못하고, 혹시나 하는 기대감에 다른 화초들 같이 물을 주었다. 얼마 후 뿌리 쪽에서 파란 촉이 보였다. 어르신의 손목에서 희미하게 잡히는 맥박소리처럼 행운목이 숨을 쉬고 있었다. 마른 갈색 표피를 뚫고 뾰족하게 얼굴을 내밀고 있는 생명이 경이로웠다. 작은 희망을 안고 물을 주었을 뿐인데, 생명의 힘이 그 줄기를 잡고 일어났다. 잎이 피어나더니 화분속이 좁아질 정도로 힘차게 차올랐다.

빈 둥지 같은 나무를 자르고 화분을 옮겨 심었다, 내가 보듬는 손길에 보답을 보내는 생명이 감사할 따름이다.

전보다 멋지고 의연한 모습은 아니다. 하지만 새로 피어난 잎은 그대로 있지 않고 자기 맘대로 막 커나갔다. 튼튼하고 정돈된 모양은 아니지만 풍성한 잎으로 거실 장에 앉아 푸른 잎을 자랑했다.

어르신은 다시 태어난 푸른 잎 같다. 날이 갈수록 건강이 좋아지고, 대화의 묘미를 알아 우리를 감동시켰다. 순하고 착하고 배려있는 말씨가 습이 되어 있는 분은 사랑을 받게 된다. 처음 만날 때 성품을 의심했던 자식들은 다행이도 효자다. 어르신이 좋아 하시는 음식, 특히 국수를 국물과 면을 따로 가져와 먹여 드리고. 닭죽을 끓여 살을 발라 먹여 드리는 사랑이 있는 사람들이다. 한사람이 오는 것이 아니고, 조를 짠 듯이 돌아가며 자주 방문을 하고 늘 감사 표현을 한다.

치매 증상이 심할 때는 밤새 주무시지 않고 말씀을 하신다. 화장실 간다고 침상에서 내려와 고관절 골절로 고생도 하셨다. 아이들 키우던 젊은 시절로 돌아가, 애기 찾아 밥을 먹여야 한다며 소란스럽게 불러댄다. 행복했던 시절은 어떤 모양으로든 기억의 주변을 떠나지 않고 그 속에서 살게 하는 것 같다.

어르신을 모시고 오지 않았다면 우리 만남은 없었을 거다. 병원 중환자실에 가서 모시고 온 특이한 이력이지만 몇 년을 잘 살고 계신다. 인연이 닿아 나를 만나고 당신이 가지고 태어난 명줄을 잇고 계시지만, 가족들에게 나는 은인으로 남아 있다. 주변에 있는 지인들이 부모님문제로 상담 하면 그 상담자로 나를 연결해 주고 있다.

어르신은 걸을 수는 없지만 인생의 가장 아름다운 시절로 돌아가 계신다. 아이들 밥을 먹이고 학교 보내고 놀이터로 찾으러 가신다.

어른이 된 아이들은 아이가 된 어머니를 살뜰히 보살피고 있다. 어르신은 사랑 잎이 너울거리는 새로운 삶속에서 행복하게 사신다. 60이 넘어 새로운 직장을 찾은 내 삶도 어르신들과 함께 푸른 잎이 춤추는 듯이 살고 있다.

시종점부 始終點府

고가구를 들여 놓았다. 옛날 돈궤는 투박하고 결이 거칠어 내 취
향이 아니었다. 보통은 자물쇠 장식이 검은 무쇠인데, 고급스런 백
동 장식이 반짝이며 시선을 잡아끈다. 꽃문양이 위 아래 합으로 정
교하게 조각된 것이 장식장을 능가하지 않는가. 꽃 가운데는 장수
를 기원하는 수壽자를 새겨 넣었다. 양 각에 걸 게를 걸어 품위를
갖추고 위로 열고 닫는 문이 휘어지지 않도록 끝부분에 홈을 파 새
로운 나무를 끼워 넣은 세심함이 마음에 든다. 조선시대쯤 되지 않
았을까. 한 100년은 족히 되었다고 생각했는데 60년 남짓 하단다.
회갑나이인데 의젓하다. 그런데 중요한 자물쇠가 빠져 있다. 어쩌
다 흘려버렸는지 고장이 나서 버렸는지 알 수 없으나 기본 품위는
잃지 않고 있다.

오래될수록 가치가 있는 것인데 내 나이라니. 마치 내가 고가구가 된 느낌이다. 아버지께서 생전에 계실 때, 늘 옆에 두고 계시던 앉은뱅이 책꽂이를 탐했다 "낡을 것을 뭐가 좋다고" 하는 표정으로 주신 책꽂이가 있다. 한 층이지만 작은 서랍도 있고. 층 위에 나무로 마무리해서 그 위에 연필통도, 주전부리, 등 잡다한 것들을 올려져 있었다.

두 가구의 공통점은 못을 사용하지 않은 점이다. 끝 부분에 홈을 파 서로 끼워져 각을 맞추어 의지하고 있다. 그리고 화학 처리가 되지 않은 본연의 모습이다, 선생님 발령을 받으시고 만드셨다는 책꽂이 나이도 칠십을 바라보지 않겠는가. 장인이 눈을 지그시 감고 맞춘 그대로 뒤틀리지 않고 균형을 잃지 않고 있다. 세월을 흘려가며 흠이 나도 감추어지는 묘한 매력이 있다. 탁하지만 어둡지만 않고 꽃문양이 화려하지만 어지럽지 않다.

순수한 나무로 만든 가구는 닦으면 닦을수록 맑아진다. 천에 천연오일을 묻혀 닦으면 나무의 질감이 나타난다. 나무는 붉은 빛이 돌며 은은하면서 깊은 색을 우려낸다. 소나무라고 했는데 붉은 색을 띄니 적송일 게다.

템플스테이 갔을 때, 뒷산에 병풍처럼 둘러 서 있는 소나무들이 내 품는 향에 취한 적이 있다. 새벽예불을 끝내고 어스름한 소나무 숲을 거닐 때, 발끝에 이슬이 차이는 숲속은 나를 공의 세계로 이끌었다. 부연하게 솔잎사이로 깃드는 새벽이 환상이었던 그때를 기억하게 한다. 그 향을 풍기고 있다. 소나무는 죽었으나 또 하나의 생명체로 살아 숨 쉬고 있는 거다. 소나무가 장인의 손에 오기전에 그 새벽길 숲 속 어디에선가 살았을 지도 모를 일이다.

60년 만에 돌아온 띠 동갑인 손녀가 태어나고도 그 소나무 숲을 생각했다. 그 숲속으로 들어가는 길목에 시종점부라는 글귀가 있어서이다. 시작과 산을 한 바퀴 돌고 나오는 종점이 한곳에 있다고 해서 만들어진 팻말이다. 손녀와 내가 같은 출발점에 서 있다는 묘한 생각이 들었다. 360도를 돌아 와 그 자리에 서 있는 나를 보았다. 그 아비는 뜻을 이룬다는 서른이니 삼대가 나란히 출발점에서 시작 한다. 손녀는 세상을 알아가며 살을 찌우는 시작 시점이고 그 아비는 사회의 중심에 서서 일을 해야 하는 출발점이다. 삼십년 후에 종착점은 손녀는 아들 자리에 서 있을 것이고 아들은 내 자리에 있을 것이다. 나는 어디에 있을 것인가. 내 시작은 홀가분하게 갈 수 있는 길일 것 같았는데, 도착 시점이 정해져 있는 않은 출발은 혼란스럽다.

시작 시점에서 가장 잘한 것이 글쓰기를 배우기 시작한 거다. 그리고 새로운 일자리로 어르신 돌보는 직장을 선택한 일이다. 그 직장에서 하는 일을 좋아한다는 거다.

숲속의 많은 소나무가 좋은 목재로 대들보가 되기도 하고, 가구가 되기도 한다. 땔감으로 사용 되어 따뜻함을 주고 한줌의 흙이 되어 새싹의 밑거름이 되기도 한다. 어느 삶이 더 소중하다고 가릴 수 있겠는가. 모두가 각자 덕이 되는 삶을 살았으니.

돈궤는 지금부터 한둘 씩 모양이 이지러지는 내 모습과 별반 다르지 않다. 자물쇠가 없어지고. 사람의 손에 의해 흠이 생겼지만 본래의 자태를 유지하고 있다. 흠집이 나도 닦을수록 은은하게 우러나는 기품 있는 붉은 색에 가려진다. 글을 쓴다는 것은 생각을 정리하는 시간이다. 인연을 더듬으며 사물을 소중히 여기고 사색하게 한다.

돈궤를 닦듯이 글쓰기를 하며 새로운 출발은 흠을 다듬어 가는 일이다. 어르신들의 모습에 나를 비춰 가며 뒤틀리지 않고 균형을 잃지 않도록 살아야 하지 않겠는가. 30년 후에 아들이 이 자리에 서 있을 때, 내 모습은 적어도 자식들에게 누가 되지 않는 삶을 살 수 있도록 가꾸며 살아야 할 것이다.

바라보기도 아까운 내 아들

요양원에 근무하며 어르신들 속에서 다정한 내 어머니를, 또 혈관성 치매로 계시던 아버님의 고집스러운 모습을 만나기도 한다.

모습이 비슷해서 말씀하는 어투가 닮아서, 행동이, 걸어가는 뒷모습에서 순간순간 부모님을 떠 올리게 한다.

햇살이 잘 드는 창가에 계신 어르신은 말씀이 적다. 늘 창을 내다보고 무엇을 생각하시는지 조용히 앉아 계신다. 착하고 조신해 보이는 어르신은 아침인사를 하면 호박꽃같이 웃는다. 우리 어머니를 닮았다.

요양원에는 바른 생각으로 이야기 하시는 분이 많지 않다. 치매 증상이 없는 분으로 특별하게 케어 하는 일이 없으면 손이 많이 가는 어르신에 비해 관심을 덜 갖게 된다. 어르신은 편마비로 손가락이 안으로 말려 들어가는 증상이 있다. 늘 한손으로 마비된 손을 주무르고 계신다. 구축 되지 않도록 매일 손가락을 펴고 구부리는 운동을 해 드리며 외롭지 않게 마음을 표현한다. 침상에 마주보고 앉아 맛사지 하는 나를 미소 지은 표정으로 그윽하게 바라보신다. 그 눈길이 좋아 편안하게 집안 사정이야기도 도란거리는 친근한 사이가 된다.

어르신은 멀리 경상도에서 혼자 사셨다고 한다. 뇌경색으로 병원 치료는 했지만, 혼자 생활 할 수 없는 처지가 되어 하나뿐인 아들 곁으로 오게 되었단다.

늦게 간신히 낳은 귀한 아들이란다. 그런데, 집안이 가난하여 대접받게 가르치지 못했다고, 어깨 펴고 세상을 살아가게 날개를 달아주지 못했단다. 손을 주무르는 나를 바라보고, 선생님은 공부를 많이 했으니 겨울에는 따뜻하고 여름에는 시원한 곳에서 일하지 않느냐며 웃는다. 말씀 끝에는 늘 한숨이고 눈은 창밖 먼 산을 바라보신다. 눈물이 그렁거릴 것만 같다. 이렇게 늙어 병까지 들었으면 죽어야 하는데, 자식의 피 같은 돈을 축내고 있다며 살아 있다는 자책감에 뼈가 녹는 것 같다는 표현을 하셨다. 바라보기도 아까운 아들을 고생시킨다는 생각을 하면 잠을 이룰 수가 없단다.

아들은 어머니를 만나러 오는 시간도 잠깐이고. 오면 이것저것 필요한 말만하고 바로 돌아갔다. 어머니를 보고 웃고 살갑게 대화를 나누지 않는다.

눈도 마주하지 않고 대답하는 아들과, 아들 기분을 살피며 이야기 하는 어머니는 바라보기 불편한 모습이다. 정말로 못 가르치고 병까지 얻은 어머니를 받아들이지 못하는 건가. 며느리는 찾아오지 않는다.

나는 어르신을 내 놓고 위로하지는 못하고 마주 앉아 이런저런 이야기 끝에 사내아이들은 생각이 부족하다는 둥, 살갑지 않다는 둥 내 아들들 흉을 보기도 한다.

그러면 아들이 있어서 그런 불만도 있는 거라며 흉보는 얼굴이 행복해 보이고 자랑 같아 보여 좋다고 하신다.

어르신이 애타는 마음으로 사셔서 그런지 대상포진이 왔다. 등으로 상처가 줄지어 있어 병원에 모시고 가야 한다고 하니 아들걱정이다. 병원에 가면 돈을 써야 한다는 거다. 죽지도 않고 이렇게 돈을 축내고 있는 자신을 한없이 탓하며 죽을 수 있는 병이면 그냥 죽게 해 달라고 한다.

우리의 어머니 아버지는 자식들이 노후였다. 어떻게 키웠는데 '나를 이런 곳에 데려오다니' 라며 받아들이지 못하는 분들이 많다.

그리고 끝없이 집으로 가고 싶은 욕망을 나타낸다. 어르신의 경우는 영 다르다. 돈벌이도 시원찮은데, 저 먹고 살기도 어려운데, 고생해서 벌은 돈을 내가 까먹고 있다는 자책에 마음 편하게 계시지를 못한다. 요양비 내는 돈이 아까워서 집으로 가고 싶어 한다. 억울해서가 아니고 아들이 불쌍해서, 아픈 몸뚱이가 억울하다고 한숨이다.

몇 달 후, 아들은 어머니를 집 옆에 있는 요양원으로 모시고 갔다. 집 가까이에 요양원이 있었다고 한다. 자리가 없어 예약만 했는데 이제야 연락이 왔단다. 야간근무가 많은 아들은 집으로 들어가는 길에 어머니 얼굴을 보고 갈 수 있다고 한다.

어르신이 바라보기도 아까운 아들은 어머니를 매일 보고 싶어 하는 예쁜 아들이었다. 통통 거리는 아들은 어릴 적 어머니께 어리광 부리던 습관이 남아 있던 거다. 어머니가 너무 좋아서, 피곤한 마음을 어머니께 기대고 싶었을 지도 모른다. 어머니는 그런 아들 모습이 더 없이 사랑스러웠는데 눈치 본다고 착각한 것은 너무 많은 사연들을 접한 탓 아닐까.

서로의 애틋한 마음을 잘 알지도 못하면서 공연히 애를 태운 나는 아들보기가 민망해 유독 친절하게 챙겼다.

떠나는 어르신께 "어머니는 행복하시네요. 기운내시고 오래 사세요. 아들이 어머니가 살아계셔서 행복하다고 합니다." 라고 인사했다.

어르신은 "간호사 선생님이 더 행복하지요, 이런 아들이 둘이나 있지 않습니까. 아들은 그저 어미 마음속에 들어 있는 분신 같은 거랍니다."라고 했다.

그러고 보니 모자 사랑 법은 닮아 있었다. 바라보는 것 만 으로도 위안이 되고 편안한 마음이 드는 것 같다. 빈 침상에 그들만의 사랑이 어른거려 마음이 행복하다.

막걸리 할아버지

    고집 센 할아버지는 요양원에 입소하시고 한 달이 되도록 화장실 외에는 침상에서 떠나지 않았다. 침상 난간을 붙들고 매일 호주로 가야 한다고 으름장을 놓았다. 호주에는 조카가 살고 있고, 처남과 공항에서 만나 함께 가기로 되어 있었다고. 아들은 공항으로 간다 하고 당신을 이곳에 가두고 혼자만 갔다는 거다. 그 억울함에 부들 거리며 아들과 한 패인 우리와는 타협의 의지를 보이지 않았다.

    요양병원에서 내가 직접 모시고 왔는데, 아들이 호주 간다고 하며 데리고 왔다고 하시니 할아버지 병명은 중증치매가 확실하다.

    다행스럽게도 침상에서 식사는 잘하시니 당분간 무관심한 태도를 보였다. 사무적으로 해 드릴 것만 해 드리고 프로그램을 진행했다.

    어느 날부터, 밤이면 침상에서 살살 내려와 한 바퀴 돌아보고 살그머니 들어가신다고, 야근하시는 분이 전해 준다. 요양병원에서 모시고 올 때 밤마다 배회가 심하다고 했는데 이 증상이었구나 싶었다. 배회는 아닌 것 같고 이곳이 궁금해서 살핀다는 생각에 관심 있는 대화를 툭툭 던지는 식으로 다가갔다. 시치미 떼고 앉아 계시는 모습이 귀엽기만 하다. 안 그런 척 하시지만 귀는 밖을 향해 열려 있었다. 할아버지는 우리가 하는 말에 수줍은 듯 멋쩍은 듯이 웃는 모습을 보이고 하는 말에 퉁명스럽지만 대답도 하시게 되었다. 그리고 못 이기는 척하고 이끌려 나와 의자에 둘러앉았다. 두 달 만에 일이다.

식사도 밖에 나와 함께 드시고, 다른 어르신들에게 관심도 보이고, 텔레비전도 함께 시청하시며 식구가 되어가고 있었다. 가족은 전화로 아버지가 얼마나 적응되어 가는지 상황을 물어 오고 안정될 때까지 기다리고 있었다. 그 기간이 대부분 두 달에서 세달 정도 걸린다.

쑥스러워 하시는 할아버지 중심으로 대화가 이루어지도록 관심을 보이면, 앞뒤가 잘 맞지 않는 대화이지만 그런대로 진행이 잘 되었다. 처음에는 어려웠지만 땅을 늘려가는 기쁨, 땅을 늘리는 재주도 남달라 동네에서 두 번째로 부자라는 자랑도 하셨다. 노래도 좋아하셔서 타령조의 노래를 부르면 흥얼거리시며 자기표현도 했다. 감사하게도 때가 되면 밖으로 나와 식탁에 앉으시고 자유롭게 다니시면서 밤에 혼자 병실을 다니시는 일은 없어졌다.

요양원에서는 일 년 행사로 추석과 설에 합동 차례상을 푸짐하게 차린다. 어르신 대표가 앞에 나와 잔을 올리고 절도 한다. 격식을 다 갖추어 차례를 지내는 것이다. 할아버지를 대표 제주로 모시고 싶다고 했더니 흔쾌히 허락하셨다. 차례를 진행하는 모습은 침착하고. 격이 있고 집안의 어른을 보는 것 같이 안정되어 있었다. 당신을 앞에 설 수 있도록 인정 해 줘서 고맙다고 인사도 하셨다.

처음 오실 때는 집착적인 치매증세가 심하여 조금도 의심하지 않았는데. 시간이 흐르며 어르신은 단기치매로 고집이 심한 노인이 아닐까 하는 의구심이 생겼다.

할아버지와 산책을 했다. 주변이 논밭이어서 심겨져 있는 농작물을 보면 "어이구 농사 잘 지었네. 아주 실하게 어물었네." 하며 관심을 보였다. 대화 내용은 점점 조리 있게 진행되었으며 이야기 하시는 표정에서 그윽한 그리움을 보았다. 산책하시다 문득 막걸리가 생각난다며 씩 웃는다. 딱 한잔만 했으면 하며 입맛을 다시는 어르신, 딱 한잔이 소원이라는데 못 들어 드릴 일이 있겠는가.

간식시간마다 다른 어르신들이 음료수 드실 때 종이컵으로 한잔씩 드렸다. 아무도 모르는 우리 둘 만의 비밀이 종이컵 속에서 속

닥거렸다. 한 번에 쭉 드시지 않았다. 아끼듯이, 앞에 놓고 한참을 앉아 계시다가 한 모금씩 음미하시는 모습은, 망중한을 즐기는 어르신을 보는 듯이 안정되어 있었다.

막걸리 한잔은 충전기에 가득채운 에너지 같았다. 기피하던 프로그램에 참석하여 노래도 불렀다. 한 달에 한번 있는 외식 나들이도 가시고, 지역사회 행사에 모시고 나가면 좋아하셨다. 일상이 순조롭고 편안하게 받아들여지는 듯이 보였다.

정상을 찾아가는 할아버지는 요양원 분위기도 활력 차게 했다. 농담도 하시며 웃고 떠들고 하니 어르신들 분위기도 밝아졌다.

할아버지는 허리가 구부정하게 굽은 모습이지만 통증은 없었는데 어느 날부터 아프단다. 일주일에 3번씩 물리치료를 받고, 진통제 처방도 받아 복용했으나 통증은 나아지지 않는 모양이다. 병원에 가서 침 치료도 받았으나 한동안 걸을 때 구부정한 모습으로 손은 허리에 대고 불편하게 다니셨다. 분명히 아파 보였다.

어느 날, 할아버지는 조심스럽고 미안한 표정으로 부탁 했다. 단골로 다니는 한의원에서 침 한 대만 맞으면 나을 것 같단다. 딱 3일만 다녀오고 싶다고 아들 좀 불러달라고 했다.

아들과 함께 한의원에 가신 할아버지는 돌아오지 않았다. 가신날 새벽에 바로 삽 들고 논으로 나가셨다고 한다. 정상으로 돌아오신 할아버지를 집으로 돌려보내야 하는 것은 당연한 일이지만 이렇게 서운 할 수가 있나. 할아버지와 쌓은 향긋한 막걸리 정을 하수구에 콸콸 쏟아 버렸다.

　3일이 아닌 한 달 후, 약 처방을 위해 옆에 있는 병원을 찾은 할아버지는 사과 한 상자를 아들 손에 들려 방문하셨다. 우리는 서로 끌어 앉고 반가워서 울고 웃고 난리를 피웠다. 그 모습을 아들은 아주 생소한 듯이, 구경거리 난 듯이 바라보다가 너무 감사하다는 말을 했다. 이렇게 사랑 받고 계셨는지 몰랐다고, 아버님이 좋아진 이유를 알거 같다고 말이다. 부지런히 논일도 하시고 전 마냥 화도 내시지 않는다는 할아버지는 다시는 그곳에 가두지 말라고 하셨단다.
　잘 계신다고, 잘 모신다고, 우리들과 친하게 잘 살고 있다고 했는데 할아버지는 갇혀있는 마음으로 사신 거였다. 다행이다. 할아버지가 일군 땅에서 자유롭게 사실 수 있어서 정말로 행복한 일이다. 농막에서 막걸리 한잔 쭉 마시고 삽 들고 서 계신 할아버지를 상상해 본다.

휠체어를 밀던 여학생

안개가 잔뜩 밀려와 긴장되는 출근길이다. 한치 앞도 보이지 않는 안개 속에서 앞차의 희미한 비상 깜빡이가 길잡이 같아 반갑다. 요양원에 도착해서 움츠렸던 자세를 바로 세우고 몸과 마음을 풀었다. 안개가 많은 날은 햇살도 좋다고 하는데 오늘도 나의 하루는 맑음이다.

층계를 오르니 학생들이 일찍 와 있다. 멋쩍어 하는 학생들에게 "봉사?"라고 묻자 그렇다고 대답 한다. 학생봉사는 많지 않지만 어떤 이유를 달고 오는 경우가 종종 있어 무심하게 지나쳤다. 남학생과 여학생 두 명이 나에게 배치되었다.

여학생은 지각을 많이 해서, 남학생은 담배를 피워 학교에서 사회봉사명령을 받았다고 한다. 학생들 얼굴은 반성하는 기미는 보이지 않고 부끄러워하는 기색도 전혀 없다. 지각한 여학생에게 "집이 가까웠나보구나" 하며 말을 걸자 끄덕이며 웃는다. 남학생에게는 "담배를 그렇게 빨리 피우고 싶었어?"하고 묻자 씩 웃으며 "다 피워요"라고 한다. 스스럼없는 대답에 오히려 내가 당황했다.

며칠 전에도 4명의 학생들이 사회봉사를 왔었다. 그때는 화장을 해서 왔다고 했다. 입술색이 너무 밝아 나도 놀랐다. 화장을 진하게 해서 사회봉사 명령을 받았음에도 여학생들은 여전히 화장이 짙었다. 선생님이 반성하라고 보냈으니 봉사하는 동안은 화장을 하지 말자고 했다. 다음날 화장은 여전했으나 다행이 입술색깔은 자연스러웠다. 일주일을 지내는 동안 밝고 상냥하고 부지런하게 일도 잘했다. 봉사하는 동안 "이쁜이"라는 호칭으로 불리었다. 문제아가 아니고 건강하고, 호기심 많은 청소년들이다. 학생들은 어르신하고 함께하기보다 봉사자로서 의무를 성실하게 이행했다.

이번에 온 두 학생은 다르게 다가 왔다. 유달리 어르신들과 대화를 많이 하는 편이다. 식사를 챙길 때도 어르신과 이야기 하며 보조 한다. 그 모습이 예뻐 유심히 보게 되었다. 보통 학생들은 핸드폰을 보고 있거나 수동적으로 움직인다. 일이 생소하기 때문에 해야 할 일을 찾지 못하는 것은 당연하다. 하지만 '지각여학생'은 늘 어르신들과 함께 하며 이야기를 나누었다. 손이 부족해 산책이나 운동을 못시키고 학생들이 오면 어르신들을 모시고 햇볕 쪼이기를 한다. 어르신들과 함께 있어도 자기들 끼리 장난을 치거나 핸드폰을 보고 하는데, '지각여학생'은 어르신에게 말을 걸고 설명도하고 웃기도 한다. 손을 잡고 복도도 걸어 다니며 깔깔 거리고, 휠체어도 밀고 이야기를 나누고 말을 하지 못하는 어르신께는 글로 써서 대화를 나눈다. 능동적이고 마음이 담긴 대화를 하며 웃음을 보이는 모습은 예외적이다. 지각을 하지 않았으면 이런 좋은 경험을 해 보지 못했을 거라며 이런 "좋은 곳"이 있는 줄을 몰랐단다. "좋은 곳?" 이라는 말에 웃으며 반문하자, 자주 오고 싶다고 한다.

'지각여학생'을 보며 나의 어린 시절이 떠오른다. 여학교 다닐 때 무심천 둑을 쌓았다. 적십자활동을 하고 있던 여름방학 때 천막에서 아이 돌보는 봉사를 했다. 아주머니들은 애기를 데리고 나와 천막에 맡기고 틈틈이 젖을 먹이며 일했다.

작은 바구니에 돌을 이고 둑으로 나르는 작업은 고된 일이다. 요즘 같은 편리한 기저귀도 없던 시절에 더위를 견디고 배고픔을 참아가며 함께 엄마를 기다렸다. 오랜 세월이 지나도 지워지지 않는 기억들이다. 그것이 원동력이 되어 지금까지 봉사라는 테두리

안에서 삶을 살아온 것 같다. '지각여학생'이 10일간의 봉사경험이 인생을 살아가며 어떤 영향을 줄지는 모른다. 분명한 것은 사회를 밝게 하고 바르고 인간답게 살아가는 삶의 기본 철학을 배우는 기회는 되었다고 믿는다.

마음을 주고 간 '지각 여학생'은 말을 못하시는 어르신께 매일 글로 문안 인사를 했다. "할아버지 힘내세요. 웃어야 행복해져요", "할아버지 밥 많이 드세요. 한국인은 밥 심입니다. 파이팅", "할아버지 건강하세요. 사랑해요. 할아버지는 꼭 걸으실 수 있으세요. 파이팅"이라고 쓰고 사랑표시를 많이도 그려놓았다.

어르신에게 이렇게 마음으로 다가간 봉사자는 없었다. 학교에 돌아가서도 봉사하는 마음으로, 아름다운 학생이 되기를 바란다.

낫 가는 여인

낫 가는 여인 · 1

·

낫 가는 여인 · 2

·

낫 가는 여인 · 3

낫 가는 여인 · 1

회상

비단같이 흐르는 햇살이 눈부시다, 떨어지는 꽃잎은 바람 타고 춤을 춘다. 꽃잎세상이다. 마치 왈츠를 추듯이 하늘을 무대로 우아하게 돌고 돈다. 내가 근무하는 요양원의 어르신 한 분이 "이렇게 예쁜 세상이 있다니, 너무 좋다"라고 하신다. 이렇게 자신의 감정을 표현하시는 분이 아니어서 울컥하게 가슴이 울려왔다. 나는 어르신을 껴안으며 "어르신이 더 예쁘세요."라고 말했다. 빙그레 웃으시며 하늘로 옮기는 눈빛에서, 한 맺힌 사연을 서리서리 안고 사시는 어르신의 고단함이 느껴졌다. 한참 후 한숨을 길게 들이쉰 어르신은 비단 옷고름 풀어내듯 어느 봄날을 회상하신다.

예전에 봄바람이 유난히 어지럽게 불던 사월의 어느 날이었지.

남편은 소를 몰고 나가 논을 갈고 점심을 먹으러 들어왔어. 누가 찾으면 없다고 하며 윗방으로 올라갔지. 그 뒤를 따라 반장하고 하얀 두루마기를 입은 남자 서너 명이 마당에서 서서 남편 이름을 불렀어. 없다고 해도 들어오는 거 봤다며 신발도 있으니 나오라고 다 그쳤어. 남편은 점심도 못 먹고 따라 나간 후 돌아오지 않았어. 그렇게 그가 넘어간 뒷산을 바라보며 한여름을 밭고랑에 앉아 등줄기에 흐르는 땀보다 많은 눈물을 흘리고. 겨울은 얼음장같이 얼어붙은 가슴을 부여안고 베개를 적시며 지냈지. 다시 봄을 맞으며 환한 봄이 싫었지. 구석구석에 어두운 그림자가 도사리고 있는데, 잔설이 봄바람을 잡고 늘어지는 찬바람만이 내 살 속으로 파고들었지. 그래도 남편이 곱다하던 누비 적삼은 반닫이에서 꺼내보지도 못했어. 고우면 안 되는 날들이었고, 햇살이 아름다우면 안 되는 날들이 흐르는 동안 뱃속의 아이는 태어났지. 내 귀여운 둘째 딸. 분신처럼 심어놓은 씨앗을 남편도 모르고 나도 몰랐지. 내 삶이 되어버린 불쌍한 유복자. 살아보니 모든 것은 다 정해진 인연 따라 만나고 헤어지는 것이었어. 내 인연도 거기까지였다면 유복자 딸은 남편의 선물이라는 것을 알게 되었지. 일곱 살이 된 큰딸을 그늘삼아 봄 햇살이 아름다운지, 여름이 뜨거운지, 가을이 가고 겨울이 오는지도 모르는 삶을 살게 되었어.

그러고 보니 나는 평생을 낫을 갈며 살았던 거야. 내 남편을 데리고 나가 혼자 돌아온 반장을 향해 나는 늘 낫을 갈았거든. 그렇게 가기 싫다는 사람을 데리고 갔으면 같이 와야지, 저 혼자만 살아서 활보하는 꼴을 보면 손발이 떨렸어. 한양 조씨 양반가에서 태어나 곱다는 소리를 한 몸에 받으며 귀하게 살아왔지. 그런데 남편을 그렇게 보내고, 딸 만 둘 데리고 사는 우리 집을 누구라도 허투루 대할까봐 나는 밤에도 낫을 머리맡에 두고 살았지. 지금 생각하니 내 외로운 팔자가 싫어 상대 없는 세상을 향해 낫을 휘두르고 살지 않았을까?

나를 지킨다는 명목으로, 반장을 향한 미운 마음이라는 명분을 세웠지만 사실은 내 고단한 삶을 향해 날을 세웠는지도 모른다는 생각이 드네. 아이들이 출가하고도 나는 낫 가는 것을 멈추지 않았지. 그 낫이 나를 향해 있는 것을 알 수 없었어. 날을 세우고 산다는 것이 얼마나 고단한 삶인지 알지 못했지. 내가 이곳에 들어오기 전에 집을 나가 산과 들을 헤매고 다녔다는 거야. 무엇을 찾으러 다녔을까. 놀란 딸들이 엄마를 잃을까 이곳에 두고 극진히 보살피는 덕에 낫을 갈지 않고 사는 삶이 되었지.

지금 창밖의 햇빛이 찬란한 것은 내가 낫 가는 것을 멈춘 마음일 거야. 이곳에 온지도 근 15년이 되었으니 나는 평생을 낫을 가느라고 누구하고도 가까이 할 수가 없었어. 어제는 큰딸이 하루종이 내 옆에 앉았다 갔어. 예쁜 것들, 고마운 것들, 이번에 열이 오르고 몸이 많이 아팠을 때 그만 저세상으로 가고 싶었어. 구십이 넘어 병원에 누워있는 어미를 잃을까 매일 찾아오는 내 딸들. 혼자는 안 오던 칠순이 넘은 큰딸이 먼 길 버스를 몇 번씩 갈아타고 와서 점심을 먹이고 바라보다가 가지. 어찌 닮지 않아도 되는 팔자를 닮았을꼬. 고생하지 말라고 부잣집으로 시집보냈더니 일찍이 혼자되어 일을 소같이 하여 아이들을 키웠지. 그 모습을 바라보면 내 탓 같아, 딸이 밭고랑을 매면 갈퀴손으로 내 심장을 긁는 것 같았어. 그러더니 그 아들 또한 일찍이 가버리고 쌍둥이 손녀까지 거두게 되었지. 이번에 시집보낸다고 고손자 보고 가라 하네. 이렇게 햇살이 고울 때 가야 하는데 고생만 시킨 딸들이 놓아주지 않네. 영감이 이렇게 할망구가 되어 버린 나를 못 알아보면 어쩔꼬.

우리 요양원에서는 이 어르신을 "조마님"이라고 부른다. 맑은 미소를 띠고 눈웃음 짓는 반달눈을 보면 평생 낫을 갈며 살았다고는 믿기지 않는 고운 모습이라 더욱 처연하다. 한 많은 여인이 반듯하고 아름다운 여인으로 살기 위해 가슴에 얼마나 많은 피멍이 들었을까? 지금은 바람에 날리는 꽃잎처럼 다 날려 보내고 피안의 세상을 사시는 어르신은 진정 우리들의 어머니다. 가슴이 뭉클하여 어르신을 꼭 껴안는다. 내 눈가에 나도 모르는 눈물이 그렁그렁 맺혔다.

낫 가는 여인 · 2

엄마 마음

나를 놓아 주지 않는 것인가. 내가 아직 명을 다 하지 않았음인가. 뼈는 바삭하게 말라 구멍이 숭숭 뚫리고, 거죽만 남은 나를 봄바람은 그냥두지 않았어. 벗 꽃이 피고 질 때까지 올해도 병원에서 딸들 애를 태웠지. 참으로 모질게 살고 있고 있다는 생각을 해.

병원에 누워 있는 동안, 차를 세 번씩 갈아타고 큰딸이 매일 왔지. 오기만 하면 자고 있는 나를 주무르고. 혼자 넋두리하고. 훌쩍거리고 울다가, 손잡고 졸기도 하다 갔어. 주먹밥을 싸와서 먹고, 커피를 홀짝 거리고 마시고, 혼자 노래도 흥얼거리고 심심하지 않게 있다가서 좋았지. 이렇게 예쁜 딸이 70을 훌쩍 넘긴 할머니라네. 요즈음 들어 큰 딸은 말끝마다 어릴 때, 쩡쩡이 동생만 예뻐했다고 서운하다고 징징거리며, 이제 와서 왜 그랬느냐고 칭얼거리네.

그저 든든하기만 했던 큰 딸 마음을 살피지 못한 것은, 가슴에 낫을 품고 살면서 마음을 단단히 동여 맺기 때문이야. 사랑의 온기를 쥐고 있어야 하는 손에 낫을 들고 살면서, 배 불리 밥을 먹이지 못할까 허둥대며 살았지. 사느라고 응석어린 말을 받아주지 못하고, 따뜻한 눈빛으로 보듬고, 손을 잡아주지 못했어. 그런 엄마를 소중하게 여기고 감사해 하는 내 딸들이 고마웠지.

생각하면 큰딸이 없었으면 유복자인 작은딸을 데리고 어디에다 마음을 두고 살았을까. 유난히 철이 일찍 든 딸을 남편같이 동무같이 옆에 두고 살았지. 큰딸은 아이가 아닌 듯이 의젓하게 내 외로운 손을 잡았기에 그래도 되는 줄 알았어. 어미는 홀로 철이 들어가는 아이의 마음을 헤아리지 못하고. 큰 딸은 혼자 허덕거리는 어미의 아린마음속에 들어와 있었어. 이렇게 일찍 어른이 되어버린 큰 딸은 어릴 적부터 무거운 짐을 지고 살게 되었던 거지. 착한 성품에 자기도 모르게 지고 있던 무거운 짐은 세월이 벗겨 주었네, 다 늙어서 이제는 홀가분할 줄 알았는데, 힘겹게 살아 온 세월이 서럽다고 하소연을 하네.

내 팔자까지 닮아 젊은 나이에 홀로 살게 될 줄을 누가 알았겠는가. 내 복을 나무라며 큰 딸이 혼자 고생하는 것이 안타까웠는데. 팔자를 왜 내가 물려받았느냐고 귀여워한 동생을 물려줘야지 하며 투덜거린다네.

  작은 딸은 명이 긴 신랑을 만나 지금까지 어릴 때 응석을 부리고
살고 있어. 하나라도 내 팔자와 달라 다행이라고만 생각한 내가 참
으로 어리 섞은 게야. 큰 딸 앞에서 착한 둘째 사위를 늘 추켜세우
고 자랑하고 살았으니 말이야.

  둘이 함께 오더니 언제부터인가 각각 찾아오네. 차가 있는 작은
사위가 오는 길에 태우고 왔었는데 말이야. 작은 딸은 사사건건이
투정이야. 선생님들에게도 흠을 잡아 타박이고, 나를 위한다는 표
현이, 너그럽지 못하고 여전히 찡찡거려 내 마음을 불편하게 하지.
큰 딸은 나를 돌보는 사람들에게 감사하다는 말을 습관처럼 말하
지. 어련하랴. 허나 그 마음이 내 딸을 평생 외롭게 했다는 생각이
왜 지금에야 드는 건지. 편하게 마음 한번 풀어놓지 못한 저 성격
이 내 딸 가슴을 옭아매고 살지 않았겠는가.

  만나서 이야기 하지 못하고 각자가 간호사에게 하소연을 하니,
벌떡 일어나 한마디 하고 싶지만 그렇지가 못하는 신세 아닌가. 무
디고 착하기만 했던 과묵한 큰 딸이 서럽다고 울어대니, 이 늙은
어미는 뼈가 녹아내리는 것만 같네.

  작은 딸은 언니가 치매가 온 것 같다고 하소연 하며. 마음먹고 전

화 하면 어깃장소리만 한다는 거야. 큰딸은 동생은 신랑이 오냐오 냐 하니 호강에 겨워. 다닐 곳 다 다니면서 전화만 하면 아프다고 하소연 한다네.

언니가 치매가 왔다면 하나 뿐인 동생이 끌어안고 울어도 시원 찮을 판이요. 몸이 약한 동생이 골골하면 잃을까 전전 긍긍해야 하지 않겠는가. 어찌 그것이 흉이 되어 남에게 하소연해야 될 일인가.

사람들은 내가 눈을 감고 있으면 듣지 못한다고 생각하지. 내 왜 곡된 삶으로 인해 엇갈리게 커온 딸들. 아직도 내 품안에 있는 귀 여운 자식들인데. 홀로 키운 내 금쪽같은 딸들인데, 아버지 없이 외 롭게 자란 내 딸들. 내가 살아야 하는 이유를 만들어준 나의 또 다 른 생명들이여. 사랑하는 내 딸들이여. 부족한 엄마는 미안한 마음 뿐이구나.

낫 가는 여인 · 3

가는 길

세월의 시작은 봄인 거 같네. 꽃을 피우거든. 나는 더 마르고 굳어 가는데 말이야.

바스락 거리는 내 몸에 손을 대는 사람과 가끔 눈을 마주치면, 돌보는 사람들이 소란스럽게 내 얼굴을 감싸고 이마를 부며 대지. 이 송장 같은 늙은이가 살아있는 기척을 보이면 그게 반가운 모양이야.

몇 년 전부터 병원치레를 할 때마다 이번이 마지막이라고 생각했지. 이제는 풀어낼 것도 없는 텅 비어버린 마음인데 무엇이 아쉬워 살아오는 것일까. 보잘 것 없는 나만 붙들고 살아온 허망한 날들이었지. 그 척박한 삶 끝 길에, 많은 사람들의 보살핌과 대우를 받으며 살게 될 줄 누가 알았겠나.

조마님이라고 하며 때마다 입도 잘 벌리지 못하고, 시원스레 넘기지도 못하는 나에게 정성껏 죽을 먹이고. 똥오줌을 깨끗하게 갈아주고, 노래를 좋아 한다고 앉혀놓고 노들강변을 한 차례씩 불러주고. 기분이 나아져 따라하면 난리들을 피우지. 연거푸 몇 곡씩 부르며 사진을 찍어 딸들에게 보내기도 하니 말이야.

간난아이 때는 어머니의 손길로 살이 올랐지만. 지금은 바람의 손길이 내 살점들을 흙으로 보내고 있다네. 통통했던 살점을 거죽만 남기도 다 가져갔으니 사람 모습이 아니라네.

얼마 전까지 나는 밤이 되면 잠을 자는 것인지. 꿈을 꾸는 것인지, 발뒤꿈치가 다 닳도록 밤새 헤매고 다녔지, 피멍으로 너덜해진 발을 잡고, 간호사는 깨끗하게 씻어내고 약을 바르고, 가제를 도톰하게 붙여 베게 위에 올려놓았어. 그러면 발이 나을 사이도 없이 낮에는 자고 밤마다 소리를 지르며 헤매고 다녔어.

선생님들은 땀으로 흠뻑 젖은 옷을 갈아입히며 '기운이 어디서 나는지 모르겠어, 치매는 무서워,'라는 말을 주고받았지. 피곤에 지쳐 깊은 잠에서 깨어나면 보리쌀을 닦아 안쳐야 한다는 생각에 다시 소란을 부릴 때도 있었어, 시어머니에 대한 두려움이 정신이 혼미해지면서 밧줄이 풀리듯이 풀려 나오는 거야. 그런 나에게 선생님들은 "시어머니가 어르신 주무시는 동안 보리 쌀밥 해놓고 드시래요" 하며 죽을 먹여주곤 했지.

이승과 저승을 오락가락 하던 내 혼이 이승에 머물면 살아 있는 거고, 외로운 길을 다시 가야하는 거지. 이 길은 언제 끝나는 건지, 보일 듯 보이지 않는 끝이 야속하기도 하고 진저리나게 지루하기도 해.

간호사는 발 치료 대신 굳어버린 내 다리를 잡고 굽혔다 폈다하며 놀아주네. 이제는 팔 다리도 움직일 수 없이 기력이 쇠해진 나에게 힘내서 밤 마실 가시라고 하네. 아픈 아이 다루는 엄마같이 빨리 나아서 뛰어 놀아라 라고 말하는 것 같지. 정말 내 어머니같이 많이 의지하고 산다는 생각이 드네. 외로운 길에 한 송이 풀꽃같이 한 점 불어오는 시원한 바람 같은 사람들이 있어 다행이야.

등이 배겨서 아픈 것도 아프지만 쓰려서 돌아눕고 싶어도 꼼짝할 수 있나, 말을 할 수가 있나. 그런데 등창이 났다는 거야. 등창치료를 한다고 소독을 한다, 약을 바른다고 들락거리며 이리저리 돌려 뉘이네. 등창이 문제가 아니야. 옆으로 누워있으니 어깨와 팔이 저려 아파오고, 침을 삼킬 수가 없어 베개로 흘러내리는 내 모습이 얼마나 흉하겠어. 등창이란 놈이 죽기 전에 내가 죽을 지경이야. 밥맛이 없어 삼키지를 못하니 코 줄을 해서 먹여야 산다고, 딸에게 구구절절 설명을 하는 거야.

때마다 죽을 입에 대고 입을 벌리라고 성화를 하고, 입을 벌리면 죽을 떠 넣어주고 "꿀떡 꿀떡" 삼키라고 애걸을 하는 거야. 딸들이 코 줄을 반대한다고 이러다 가시겠다고 안타까워 하며 말이야.

딸들이 봄마다 고열에 시달리는 나를 입원 시킬 때, 나를 더 이상 구질구질하게 만들지 말라고 소리 질렀지만, 내 늙은 딸들은 어미를 잃을까 절절했지. 그런 딸들이 다행이도 코 줄은 반대 했다는 거야.

코 줄도 하지 않고, 죽도 넘기지 않는다고, 기력이 없어 잠만 자는 나를 작은 방으로 옮겨갔어.

밤이면 숨소리 하나 들리지 않는 홀로 있는 방. 하늘도 보이지 않는 좁은 방이 답답하다 했더니 임종실이라는 거야. 죽어 가는데 혼자인거는 무섭대. 그걸 알았는지 딸들이 부탁하여 방으로 다시 돌아왔지. 햇살이 있는 창가에 누워, 밤이면 가슴 졸이는 숨결을 함께 들으며, 수런수런 우리들만이 들을 수 있는 이야기를 하고, 하늘에 떠 있는 별을 보게 되었지. 가는 길이 외롭지는 않아 다행이야.

이곳에 온지 19년이 되었어. 강산이 두 번 변하는 긴 세월을 살았네. 처음엔 살아온 세월도 서러운데, 구차한 노인들만 모아놓은 양로원이라는 이곳이 자화상을 보는 것 같아 싫었어. 팔자가 한스러워 내 복을 나무라며 살았지. 그러다 다리 힘이 없어지면서 휠체어를 타고 생활하다, 허리가 아파 누워있게 되면서 가는 길목에 줄을 서게 되었어. 얼마나 오랫동안 누워있었나 기억도 안 나네.

옆 침대가 비면 새 얼굴이 그 자리를 차지하고, 그러다 나만 남기고 길을 떠나 가버리고, 또 다시 오고, 다시 인사도 없이 가버리고 했지. 청상과부로 외롭게 산 세월도 모자라 긴 명줄까지 타고난 팔자가 박복하여 신들을 원망할 때도 있었지. 왜 나만 데려가지 않는 거냐고.

어느 날부터 기다리는 이 길이 자연의 섭리라고 생각하니 지루하지 않았네. 세월이라는 배를 타고 그냥 흐르는 거지. 사람들은 이렇게 살아 있는 나에게 살아 있는 것이 아니라고도 하지. 그렇지 않다네. 이렇게 누워 있어도 들을 수 있고 예뻐하는 것도 알고, 싫어하는 것도 안다네. 그 길에 누워보면 모두가 알게 되는 날이 오겠지. 그 명이 다를 뿐이고. 가는 길이 다를 뿐이니, 그렇게 말하지 말았으면 좋겠네.

내 옆 침대에 생명 연장 줄을 달고 오는 동지들이 많았지. 그것이 그 사람들 잘못이 아니라네. 바라보고 혀를 차며 비난하지 말게나. 타고난 운명 속에 정해져 있는 명을 찾아가는 길이 멀고 험준할 뿐이라네. 처절한 외로움과 고통을 동반하는 길도 많다네. 좋은 꿈을 꾸도록 기도하고 도와주게나.

명은 태어날 때 약속이 되어 있는 거라네. 아무리 재촉해도 그 명을 다하지 않으면 끊어지지 않는 게 명줄이지. 십년가까이 침대에서 멀미나도록 기다린 지루한 길도 있다네. 몇 번이나 험준한 고비를 넘기면서, 그 때마다 명줄을 잘라버리고 싶었지만, 지금은 내 명대로 잘 살고, 깨끗한 몸으로 갈 수 있어 천운이라는 생각을 하게 되네. 가는 길에 철이 드는 거지.

젊은 영감이 나를 부르네. 길고 길었던 내 고부랑길 끝에 내 딸들이 손을 잡고 웃으며 보내주면 좋겠네. 많은 빚을 지고 가네. 고맙네.

조마님은 목욕하시는 날 돌아가셨다. 깨끗하게 목욕하시고 옷을 입혀드리는데, 하얀 혀 위로 혈흔이 생겼다. 그 모습은 마치 붉은 장미꽃잎처럼 아주 빨갛고 선명했다. 병원으로 모셨으나 바로 운명하셨다.

작품해설

『남포등』을 밝혀든 백의천사 白衣天使

-수필집 『남포등』을 통해 본 양승복의 작품세계

김홍은(충북대학교 명예교수)

간호사. 그 이름만 들어도 가슴이 따뜻해져 온다. 죽음이 엄습해 오는 고요한 병실에서 마지막 운명을 기다리는 순간까지 최선을 다하는 순교자 같은 모습은 숭고하리 만큼 그 마음이 푸근하고 인자스러울 것만 같다.

그는 밤낮없이 환자의 몸과 마음을 돌보는 사명감으로 인류의 병자들에게 생명줄을 보살펴 주는 백의천사 白衣天使다. 환자의 생명을 위해 고통과 죽음을 함께하는 마음은 아무나 할 수 있는 일이 아니다. 남다른 박애정신의 소유자다.

이미 생명줄이 끊어져 가는 환자의 식어가는 손을 잡고 죽음의 강을 건너야 하는 시간 앞에서 어쩔 수없이 생명의 밧줄을 놓아야 하는 아픔을 수없이 겪는 운명의 슬픔을 가늠한다. 조금이라도 한눈을 팔 수 없이 생과 죽음의 틈과 틈 사이를 지켜야 하는 간호사다.

양승복 간호사는 요양원에서 고령의 환자들의 운명을 지켜보면서 체험의 소중한 글을 남겼다.

〈낫 가는 여인〉, 〈3초의 기억〉, 〈아들의 눈물〉, 〈은혜 방〉 등에서 편안하게 하늘나라로 떠나가도록 슬픔을 감추고 마음을 열도록 기도하는 간호사의 사명감을 잊지 않는다.

환자를 내 부모처럼, 내 형제처럼 보살펴주는 호스피스의 정신을 발휘하는 양승복 작가는 타고난 천직이라고나 할까. 그의 작품을 읽으면서 많은 감동을 느끼게 한다.

특히 화자는 정감어린 문학성으로 이미 수필작품공모에서 수필가가 되기도 전에 효동문학상대상을 받았고, 제10회 백교문학상으로 효에 대한 수필작품공모에서도 '남포등'으로 대상을 거머쥐었다.

이번에 펴내는 수필집 『남포등』은 요양원에서 환자를 돌보며 체험으로 다져진 감성과 인간애적인 측은지심으로 간호하며 노년의 사랑으로 고독과 아픔을 보듬어주는 간호사로 호스피스의 숭고한 사명감을 본받게 하고 있다.

〈낮 가는 여인·1 - 회상〉

이 작품은 대화의 기법을 차용한 수필로 요양원의 어느 한 어르신의 입을 통하여 인생의 삶을 들려주는 글이다. 양승복 수필가는 그 서두를 이렇게 들려준다.

> 내가 근무하는 요양원의 어르신 한 분이 "이렇게 예쁜 세상이 있다니, 너무 좋다"라고 하신다. 이렇게 자신의 감정을 표현하시는 분이 아니어서 울컥하게 가슴이 울려왔다. 나는 어르신을 껴안으며 "어르신이 더 예쁘세요."라고 말했다. 빙그레 웃으시며 하늘로 옮기는 눈빛에서, 한 맺힌 사연을 서리서리 안고 사시는 어르신의 고단함이 느껴졌다. 한참 후 한숨을 길게 들이쉰 어르신은 비단 옷고름 풀어내듯 어느 봄날을 회상하신다.

요양원은 생각만 해도 고요함이 흐르는 곳이 아닌가. 저무는 석양에 잠시 황금물결이 일다가 어둠의 노을로 스러져가는 인생의 고독이 맴도는 쓸쓸한 곳이라고나 할까. 목련꽃이 화려하게 피었다가 소리 없이 이우는 것처럼 회심함이 꽃샘바람으로 밀려드는 가슴이 시려오는 곳이 아닌가. 무성하게 푸르던 잎이 곱게 단풍이 들었다가 낙엽처럼 시나브로 생명이 지고 마는 곳이 요양원이 아니던가. 노년이 되면 누구나가 한번쯤은 거쳐 가야 하는 인생길이다.

어르신을 사랑으로 끌어안고 가슴에 맺힌 인생의 한까지 들어주는 다정다감한 간호사. 얼마나 미덥고 마음과 행동에 이끌렸으면 사연을 털어 놓기까지 되었을까. 사람이 살아가면서 남에게 인정을 받게 됨은 쉬운 일이 아니다. 인품이 곁들어져 있을 때 비로소 가까이 다가가게 마련이다.

양승복 간호사의 스스럼없고 서글서글한 남다른 인정이 그려진다.

봄바람이 유난히 어지럽게 불던 사월의 어느 날이었지. 남편은 소를 몰고 나가 논을 갈고 점심을 먹으러 들어왔어. 누가 찾으면 없다고 하며 윗방으로 올라갔지. 그 뒤를 따라 반장하고 하얀 두루마기를 입은 남자 서너 명이 마당에서 서서 남편 이름을 불렀어. 없다고 해도 들어오는 거 봤다며 신발도 있으니 나오라고 다그쳤어. 남편은 점심도 못 먹고 따라 나간 후 돌아오지 않았어. 그렇게 그가 넘어간 뒷산을 바라보며 한여름을 밭고랑에 앉아 등줄기에 흐르는 땀보다 많은 눈물을 흘리고. 겨울은 얼음장같이 얼어붙은 가슴을 부여안고 베개를 적시며 지냈지. 다시 봄을 맞으며 환한 봄이 싫었지. 구석구석에 어두운 그림자가 도사리고 있는데, 잔설이 봄바람을 잡고 늘어지는 찬바람만이 내 살 속으로 파고들었지. 그래도 남편이 곱다하던 누비 적삼은 반닫이에서 꺼내보지도 못했어.

아마도 1950년도 6·25 전란 때의 일인 것 같다. 공산당이 순식간에 남침하여 낙동강까지 점령하는 바람에 중부 이북으로는 몇 달간 공산주의 인민통치를 받게 되었던 때 일 것 같다. 전란 시로 젊은 사람만 있으면 무조건 징병으로 끌어가던 불안하던 때이었다. 하얀 두루마기를 입은 사람들은 그들의 앞잡이 노릇을 하던 인민단체의 끄나풀이었을 게다.

들에서 일하고 돌아온 남편이 점심도 못 먹은 채 끌려가던 모습만 바라다보았던 여인의 통한痛恨을 그 무엇으로 풀어줄 수 있단 말인가. 한 많은 여인은 가슴을 저미며 기다림의 눈물로 한평생을 살았을 이 아픔을 어찌 달랠 수 있으려나. 이런 한을 조금이라도 풀어줄 수 있는 사람은 양승복 간호사로 느껴졌던 모양이다. 간호사가 얼마나 친밀감 있고 사분사분하며 따뜻하였으면 한의 눈물을 쏟아 내기까지 하였을까 짐작이 간다. 환자의 인간적인 심리 감을 받아 재치 있게 수필로 승화시켜 놓은 감성이 남다르다.

그러고 보니 나는 평생을 낫을 갈며 살았던 거야. 내 남편을 데리고 나가 혼자 돌아온 반장을 향해 나는 늘 낫을 갈았거든. 그렇게 가기 싫다는 사람을 데리고 갔으면 같이 와야지, 저 혼자만 살아서 활보하는 꼴을 보면 손발이 떨렸어. 한양 조씨 양반가에서 태어나 곱다는 소리를 한 몸에 받으며 귀하게 살아왔지. 그런데 남편을 그렇게 보내고, 딸 만 둘 데리고 사는 우리 집을 누구라도 허투루 대할까봐 나는 밤에도 낫을 머리맡에 두고 살았지. 지금 생각하니 내 외로운 팔자가 싫어 상대 없는 세상을 향해 낫을 휘두르고 살지 않았을까?

일꾼이 낫을 가는 의미는 무엇일까. 무딘 낫을 날카롭게 함이다. 시퍼렇게 낫날을 세워 크게 힘들이지 않고도 풀이나 나무를 쉽게 베기 위함에서 일게다. 그러나 홀로된 여인이 가는 낫은 비수와 같은 칼날을 세우려 함에서다.

내 남편을 잃게 만든 사람과 한 마을에 사는 동안 그 남자를 대할 때의 심사야 오죽하였을까. 반장을 향하여 낫을 갈면서 수없이 그의 목을 내려치고 싶었지만 떨리는 아픈 심정의 손을 스스로 윤리倫理의 감정으로 다스렸을 것이다. 낫을 갈면서도 참고 살아왔음은 사랑하는 두 딸이 있었기에 참고 또 참았을 지도 모른다. 슬픈 여인은 결국 자신의 팔자로 돌리고 세상을 향해 낫을 휘두르며 살았다함은 인간의 본성을 잃고 사는 인면수심자人面獸心者들에게 아니 허공에다 돌렸다.

요양원의 봄날은 어르신과 간호사간의 짧은 만남의 시간이지만 다정다감한 순간이 행복한 모습으로 그려져 오게 한다. 아픈 곳만 보살펴줌이 아닌 마음까지 어루만져 주는 백의천사의 손길의 사랑이 묻어나 있다.

〈낮 가는 여인·3 - 가는 길〉

양 작가는 요양원의 어르신들과 많은 대화를 하며 지내 왔음을 느끼게 한다. '가는 길'에서와 같이 역지사지易地思之의 어른이 되었다가, 때로는 병간을 하는 호스피스의 정성어린 사명감이 고스란히 드러나 지극한 사랑의 정신이 감동을 불러일으키게 한다. 내 부모를 대하는 듯 한 성심어린 보살핌이 가족처럼 느껴온다.

이곳에 온지 19년이 되었어. 강산이 두 번 변하는 긴 세월을 살았네. 처음엔 살아온 세월도 서러운데, 구차한 노인들만 모아놓은 양로원이라는 이곳이 자화상을 보는 것 같아 싫었어. 팔자가 한스러워 내 복을 나무라며 살았지.

청상과부로 외롭게 산 세월도 모자라 긴 명줄까지 타고난 팔자가 박복하여 신들을 원망할 때도 있었지. 왜 나만 데려가지 않는거냐고.

눈물이 난다. 강산이 두 번이나 변하도록 요양원에서 살아오는 처지의 현상을 들려줌으로 측은지심에서 슬픔의 인생사를 듣고 있는 동안 가슴이 뻐근해 져온다. 마음까지 아프다. 이리도 모진 운명이 있단 말인가. 꺼져가는 남포등의 불빛을 바라보는 심정으로 심지를 돋우듯 생명줄을 보살펴주는 간호사의 인간애적인 정신의 고마움이 북받쳐 또 눈물이 난다. 어찌 따뜻한 이 손길을 사랑하고 싶지 않은 이 있을까.

몇 년 전부터 병원치레를 할 때마다 이번이 마지막이라고 생각했지. 이제는 풀어낼 것도 없는 텅 비어버린 마음인데 무엇이 아쉬워 살아오는 것일까. 보잘 것 없는 나만 붙들고 살아온 허망한 날들이었지. 그 척박한 삶 끝 길에, 많은 사람들의 보살핌과 대우를 받으며 살게 될 줄 누가 알았겠나.

기지도 못하는 나에게 정성껏 죽을 먹이고. 똥오줌을 깨끗하게 갈아주고, 노래를 좋아 한다고 앉혀놓고 노들강변을 한 차례씩 불러주고. 기분이 나아져 따라하면 난리들을 피우지. 연거푸 몇 곡씩 부르며 사진을 찍어 딸들에게 보내기도 하니 말이야.

의료혜택을 받는 처지가 아니고서야 생명을 오래 유지할 수가 있을까. 복지국가로 향하여 가는 길이란 모든 국민이 행복을 누리며 살아가게 함이 아니던가. 행복한 국민, 건강한 국가의 국민만이 누릴 수 있는 복지국가의 혜택에서 받는 권리일 것이다. 조마님 역시 혜택을 받을 수 있음에서 생명줄을 놓을 수 없도록 먹여주고, 깨끗하게 씻겨주고, 보살펴주어 즐거움을 같게 해주려고 노력하는 호스피스의 사랑으로 작은 호사를 받고 있음이 그려진다.

수필은 체험을 바탕으로 한 인간 철학의 사유思惟함을 이끌어낼 때 가치성을 얻어낼 수 있다. 환자의 언어를 통하여 설의적設疑的으로 들려주는 기법을 차용함이 독특하다.

> 이승과 저승을 오락가락 하던 내 혼이 이승에 머물면 살아 있는 거고, 외로운 길을 다시 가야하는 거지. 이 길은 언제 끝나는 건지, 보일 듯 보이지 않는 끝이 야속하기도 하고 진저리나게 지루하기도 해.
>
> 간호사는 발 치료 대신 굳어버린 내 다리를 잡고 굽혔다 폈다하며 놀아주네. 이제는 팔 다리도 움직일 수 없이 기력이 쇠해진 나에게 힘내서 밤 마실 가시라고 하네. 아픈 아이 다루는 엄마같이 빨리 나아서 뛰어 놀아라 라고 말하는 것 같지. 정말 내 어머니같이 많이 의지하고 산다는 생각이 드네. 외로운 길에 한 송이 풀꽃 같이 한 점 불어오는 시원한 바람 같은 사람들이 있어 다행이야.

삶과 죽음의 경계를 넘나드는 처지에서 의사는 죽어가는 생명을 무조건 살려내는 목적이 임무이자 의무다. 그 생명이 다할 때까지

지켜 주고 보살피는 간호사의 숭고한 정신이 아름답게 느껴져 고개가 절로 숙여진다.

　노인 어른은 고마운 마음을 '아픈 아이 다루는 엄마같이 빨리 나아서 뛰어 놀아라'라고 말하는 것 같았지. 정말 내 어머니같이 많이 의지하고 산다는 생각이 드네.'라고 말하고 있음에서 보지 않았어도 그 모습을 눈으로 보는 듯 독자는 감사함으로 느껴온다.

　양승복 간호사의 인정어린 손길이 어느새 마음을 푸근하게 만들고 있다.

〈3초의 기억·1 - 만남〉

　이 글은 치매 환자에 대한 이야기를 화자는 이렇게 들려주고 있다.

　'나는 요즈음 80세의 할아버지와 사랑에 빠졌다. 80세의 연세에도 불구하고 꼿꼿한 몸가짐과 순수하고 온화한 마음을 소유한 할아버지와 커플이 된지 한 달이 되었다. 할아버지는 하루 종일 한 공간에서 생활하는데도 늘 처음 보는 사람처럼 나를 바라본다. 그리고 깍듯한 말로 부른다. "아주머니"라고.

　치매 할아버지는 하루 종일 집으로 돌아 가야하는 저녁시간으로 착각을 한다. 아무리 달래도 3초가 지나면 여전히 새로운 얼굴을 마주하는 아주머니가 되어 반복되는 나날이 힘겹기만 하다.

업어 달랠 수도 없고. 소리 지르는 입에 과자를 물리면 푸 하고 뱉어 버리고. 좋아한다는 커피도 사방으로 뿌려 버렸다. 창밖을 내다보며 리모컨을 귀에 대고 딸 이름을 부르며 곧 갈 테니 공원에서 기다리라고 하시다가, 발을 동동 구르며 애절하게 사정을 하셨다. 마주보고 나도 발을 동동 구를 수밖에 없었다.'고 치매에 걸린 할아버지의 이야기가 또한 가엾고 애처롭다.

치매어르신은 모두 다른 모습으로 기억을 잃어간다. 그리고 다양한 색깔로 나를 내놓는다. 그 많은 색중에 모두가 함께 공유하고 있는 색은 우울색이다. 그 초점 없는 희미한 눈빛이 어쩌면 가장 깊은 곳에 있는 나를 찾아 쉬고 있는 지도 모른다. 할아버지도 가끔 그렇게 앉아 계신다. 3초의 기억이 아니고 구름을 타고 먼 여행을 하는 사람처럼 그렇게 앉아 계신다. 무아의 세계에서 또 다른 세상을 만들고 계신 것 같다. 문고리 잡고 흔들며 소리를 지른다던가, 밖을 보고 아이들 이름을 부르며 보내달라고 호소를 하지 않을 때는 대부분 가만히 한참을 앉아 계신다.

치매는 나이를 먹게 되면 누구나 생기게 되는 병이 아닌가. 기억력의 상실로부터 갖게 되는 낭패감은 가족들에게 불안을 가져다준다. 증상에 따라 난폭해져 가는 정신의 행동증상들은 평화로운 가정에 먹구름이 낀 하늘과도 같게 한다. 치매는 가족들에게 슬픔과 고통으로 이어주는 병임을 누구나 생각하는 몹쓸 병으로 알고 있다.

치매는 사람에 따라 환자의 행동 차이는 있겠지만 가정에서 가족들이 간병해야 하는 처지가 너무 힘들다. 냉혹하지만 환자의 상황에 따라 어쩔 수 없이 요양원에 모실 수밖에 없음을 이해가게 한다.

작가의 세심한 관찰력이 문장에 스며남에 실감 있고 자연스럽게 글이 읽혀가게 표현을 하였다.

찬란하게 살아온 시절이 아니고 어려운 시대를 살아오며 젊음을 불살랐던 내 부모님들이다. 이제야 어깨 펴고 밥 먹고 살만한 세상이 되었지 않은가. 하지만 질곡의 삶은 가슴에 핏덩이를 만들었고 그 응어리들이 흘러 다니다 기억으로 가는 길목을 막았으니 어찌하랴. 노래를 기억하시는 분과는 노래를. 공부를 좋아하시는 분과는 천자문을 쓰고. 화투를 좋아하시는 분과는 화투놀이도 하고. 울면 같이 울고 같이 웃으며 막힌 길목을 뚫고 있다. 이 좋은 세월을 조금이라도 더 누릴 수 있도록 살아온 세월을 보상해 드리고 싶다. 할아버지는 요즈음 천자문 공부를 하고 계신다. 하늘 天, 땅 地 라고 읽으시지만 아직은 진도가 나가지 않는다. 공부하시는 동안은 볼펜을 들고 심각한 표정으로 우리들의 아버지 모습으로 앉아 계신다. 그러다 집으로 간다고 시작하면 한없이 보채서 안타깝게 하지만 나는 순수한 할아버지를 사랑한다.

양승복 작가는 요양원의 간호사 이전에 가족의 마음으로 환자를 돌보고 있음의 진실 된 지행합일知行合一의 모습이 글을 통하여 감동을 일게 하고 있다. 치유란 어떤 것인가. 약을 먹고 주사를 맞아야만 치유가 아니다. 환자의 마음을 편하게 하여 정신적 안정을 갖게 할 때 병을 스스로 낫게 함이 가장 현명한 치유일 것이다.

마치 나이팅게일의 선서를 하던 엄숙한 순간을 그대로 실천으로 옮기는 사랑으로 가슴이 따뜻해 온다.

효성스런 마음으로 보살피는 나이팅게일의 정신에서 수필적 서정감의 심성까지 담뿍 담겨져 있다.

〈은혜 방〉

요양원은 운영에 따라 복지경영이 다르겠지만, 일반적으로 요양원이라면 거동이나 돌보기 힘들고, 회생하기 어려운 처지에 있는 분들이 머무는 곳이라고나 할까. 노인들에 따라 다소 차이는 있겠지만 보통 사회적으로 요양원은, 건강이 회복되어 나오는 병원이 아닌 머지않아 죽음을 떠올리게 되는 서글퍼가는 인생길이 머무는 곳의 인식을 갖고 있다. 병원에도 환자에 따라 분리된 방이 있듯이,

요양원에도 그러한가 보다.

　양 작가는 '은혜 방'을 이렇게 설명을 하고 있다.

　　　죽음으로 가는 길이 점점 무섭고 외롭게 다가온다. 임종 실이라는
　　독방에서 홀로 죽음을 기다리는 어르신들을 간호하며 느끼는 감정
　　이다.

　　　인간은 수많은 인연과 관계를 맺으며 산다. 마지막 가는 길에는,
　　숨이 넘어 가는 변화를 알기 위해 들락거리는 간호사가 안식처가 되
　　고, 살을 맞대며 케어를 해준 사람들이 주는 따뜻한 마음으로 위안
　　을 받는다. 임종실 방 이름은 세상에 은혜를 입고 가는 방이라고 하
　　여 은혜 방이다. 평상시는 비어 있다. 중환자실마냥 오셨다가 좋아
　　지셔서 친구들이 있는 방으로 돌아가시기도 하지만. 대부분은 그렇
　　지 않다. 그렇게 잠시 머물다 가는 그 방에 요즈음 연이어 주인이 바
　　뀌고 있다.

　'은혜 방' 듣기만 해도 그냥 슬프다. 무엇을 어떤 설명을 듣고 싶
지가 않다. 그렇게 아름답고 그리도 착하시어, 희생하며 인간답게
살아가도록 길러주고 가르쳐주신 내 부모님께 효도도 제대로 못한
채, 요양원에 모시고 내 생활에 익숙해져 때로는 잊고 산 자식들
아닌가. 은혜 방이 '임종실'이라니 어떻게 머물다가 눈을 감고 돌아

가셨을까.

양작가는 한마디의 설명으로 들려준다.

'그렇게 잠시 머물다 가는 그 방에 요즈음 연이어 주인이 바뀌고 있다.'

보살핌을 받던 노인이 운명을 달리할 때 어떤 심정일까? '숨이 넘어 가는 변화를 알기 위해 들락거리는 간호사가 안식처가 되고, 살을 맞대며 돌보는(케어) 사람들이 주는 따뜻한 마음으로 위안을 받는다.'는 간호사와 요양보호사 선생님들이 참으로 존경스럽다.

그래도 임종실에서 머물다가는 노인은 저승사자가 가다리고 있다가 잘 모시고 가는 운명을 맞는 어르신은, 기도와 보살핌의 손길을 받으며 떠나가는 영혼마저 명복을 받는 느낌이 든다.

두 분 다 통증에 몸서리 치셨던 어르신들이다. 통증에 시달리지 않는 세상으로 가셨다. 한분은 가시는 시간까지 깨어 계셨고, 한분은 통증으로 기력을 잃은 분이다.

죽어간다는 사실을 안다는 것이 얼마나 두렵고 무섭겠는가. 여기서 돌아가시는 분들 대부분은 천수를 누리고 가시는 분들이지만 그들이 갖는 삶에 대한 애착은 생각보다 크다. 말로는 빨리 가야지라는 말을 입에 달고 계시지만 그렇지 않기 때문이다.

죽음은 어떤 것인가? 죽음은 '은혜 방'에서 보게 되는 공포와 비애가 엄습해 오는 인간과 인연을 끊는 순간일 것이다. 왜 죽음은 두려운 것인가. 죽음을 넘기는 순간까지도 정신이 깨어 있어 사별死別의 끈에 매달려 이를 놓지 못함은 왜일까?

속담에 '개똥밭에 굴러도 이승이 좋다'고 하지 않던가. 천수를 누리며 가는 분들도 삶의 애착을 버리지 못함을 체험으로부터 인간의 심리와 생명의 소중함을 알게 하고 있다.

양승복 수필가로부터 백의천사의 숭고한 정신을 새삼 느끼게 하고 있다. 요양원의 노인들을 간호하면서 인간다운 본연의 천심天心으로, 사명감을 다하는 삶을 통하여 감동을 받게 한다. 진솔하면서도 소박하고, 착하면서도 정스럽게 환자들을 참된 사랑으로 보살피는 측은지심과 효심孝心이 문장마다 묻어난다.

글을 읽고 소감문을 쓰는 자체가 작가의 글에 뉘가 될까 염려스럽다. 어쩌면 이 글에 빠져들어 양 작가가 근무하는 요양원에 입원하고 싶은 마음까지 갖게 한다.

남 포 등

양승복 수필집

초판인쇄   2019년 11월 7일
초판발행   2019년 11월 14일

지 은 이   양승복
펴 낸 이   노용제
펴 낸 곳   정은출판

주   소   서울특별시 중구 창경궁로 1길 29 (3F)
전   화   02-2272-9280
팩   스   02-2277-1350
이메일   rossjw@hanmail.net
ISBN   978-89-5824-399-1 (03810)

값 12,000원

* 이 책은 충청북도, 충북문화재단의 후원으로 일부 지원받아 발간되었습니다.